지옥에서 온 키다리 아저씨

지옥에서 온 키다리 아저씨

정서휘 장편소설

(주)자음과모음

차례

1

"할머니, 나 오늘 늦어!"

밥상에서 동그랑땡만 골라 주워 먹고 일어섰다. 반찬통을 들고 오던 할머니의 미간 주름이 꿈틀거렸다.

"왜! 예수인가 개 만나냐!"

"예진이라니까! 초3 때부터 말했는데 아직도 기억을 못 해?"

"썩을 것아, 네가 내 나이 돼 봐라! 내 이름도 가물가물하다."

올해로 72세인 이순자 여사는 불리하면 꼭 나이 타령을 한다. 내가 뭘 묻든 항상 기억 안 난다고 둘러대는데, 그때마다 써먹는 만능 카드다.

"아무튼 늦으니까, 오늘은 나오지 마. 저녁은 같이 먹어!"

그렇게 외치며 신발 뒤축을 꺾어 신고 도망치듯 밖으로 나왔다. 현관문을 뚫고 "차 조심해!"라는 호령이 흘러나왔다.

어휴, 맨날 같은 잔소리. 몸서리를 치고는 에어팟을 꼈다. 물에 잠긴 듯이 귀가 먹먹해지면서 세상의 소음이 차단됐다. 휴대폰으로 어썸보이의 〈기프트〉를 틀었다.

"넌 나의 선물이야. 무엇과도 바꿀 수 없어."

가사를 흥얼대면서 학교로 향했다.

학교 정문과 마주한 횡단보도 앞에 도착했을 때, 어썸보이의 노래를 끄고 원더소년즈의 것으로 바꿨다. 예진이의 최애 그룹인데, 어썸보이와는 대결 구도에 있다.

"너만을 기억할게, 웬디."

나는 이번 원더소년즈 앨범의 다섯 번째 수록곡인 〈네버랜드〉의 가사를 보면서 중얼거렸다. 웬디는 동화 『피터 팬』에 나오는 여자 주인공이자 원더소년즈의 팬덤명이다. 예진이와 대화를 나누려면 이 정도는 알아야 한다.

시험공부하듯 가사를 머릿속에 담고 있는데 옆 사람이 움직이는 게 느껴졌다. 휴대폰에 시선을 고정한 채 길을 건너려고 발을 뗐다.

그 순간, 누군가가 내 팔을 낚아챘다. 몸뚱어리가 자석에 끌려가듯 뒤로 훅 당겨졌다. 휘청이는 몸을 가누자마자 내 앞으로 자동차 한 대가 쌩하고 지나갔다.

"조심해. 또 위험할 뻔했잖아."

나를 잡아 준 사람의 말에 반사적으로 신호등을 확인했다. 아직 빨간불이었다. 차에 치일 뻔했다는 게 실감나자 그제야 심장이 쿵쿵 뛰었다. 황급히 고개를 돌렸다. 내 팔뚝을 붙잡은 창백한 손이 보였다. 그 손을 따라 천천히 고개를 들자 목을 한참 꺾어야 할 정도로 키가 큰 아저씨가 나를 내려다보고 있었다.

아저씨와 눈이 마주친 나는…… 숨이 멎을 뻔했다.

"이제 건너."

아저씨가 커다란 손으로 내 등을 떠밀었다. 얼떨결에 횡단보도를 건너다가 인도에 올라서서야 정신이 번쩍 들었다. 뒤돌아서서 길 건너편을 눈으로 뒤졌다. 키 큰 사람이 지나갈 때마다 유심히 쳐다봤지만 내가 찾는 사람은 보이지 않았다.

교실에 들어가자 은영이가 "안뮨!" 하고 나를 불렀다. 나는 "어? 어, 안녕" 하며 대충 인사하고는 귀신에 홀린 사람처럼 자리로 가서 앉았다. 귓가에 "재 왜 저래?" "몰라"라며 쑥덕이는 소리가 들렸다. 뭐라도 해명을 해야 하는데 몸이 뻣뻣하게 굳어서 일어설 수가 없었다. 에어팟에서는 여전히 원더소년즈의 노래가 흘러나오고 있었다. 학교에 빨리 온 이유가 열심히 공부한 원더소년즈의 신곡 이야기를 예진이와 나누기 위해서였다는 걸 잊을 정도로, 나는 혼이 나가 있었다.

1교시가 시작되었지만, 집 나간 정신은 돌아오지 않았다. 나를 구해 준 아저씨의 얼굴이 잊히지 않았다. 아니, 잊을 수 없었다. 어썸보이의 메인 보컬이자 내 최애, 로이를 닮은 그 얼굴을 어떻게 잊느냔 말이다.

로이와 같은 은색 머리칼이었지만 로이는 분명 아니었다. 하루에도 로이의 얼굴을 몇십 번씩 보는 내가 구분 못 할 리가 없다. 나를 구해 준 아저씨는 로이보다 키가 훨씬 컸고, 좀 더 나이가 있었다. 로이가 열 살을 더 먹어 서른한 살쯤 되면 딱 그 얼굴일 것 같았다.

그래도 어쩜 그렇게 닮았지? 다시 한번 감탄하며 등굣길에 일어난 운명적 사건을 곱씹어 봤다. 키 큰 아저씨가 나를 구해 주었고, 그 아저씨는 내가 사랑하는 최애와 닮았다. 어라? 이거 어디서 본 이야기 같은데……?

맞다! 독서 시간에 읽은 소설 『키다리 아저씨』와 스토리가 비슷했다. 그렇다면 내가 주인공 주디?

나는 손바닥에 턱을 괴고 본격적으로 망상에 젖어 들었다. 당연히 남주는 로이다. 나를 구해 준 아저씨처럼 하얀 셔츠와 검은 정장 바지를 입고 있다. 로이가 차에 치이려는 나를 구하려 몸을 날린다. 탈색이 잘 된 은색 머리칼이 휘날린다. 나를 품에 안고 "조심해. 또 위험할 뻔했잖아" 하고 감미로운 목소리로 속삭인다.

어? 잠깐만.

망상에서 빠져나와 기울어져 있던 상체를 바로 세웠다. '또'라고? 나를 구해 준 키다리 아저씨는 분명 "또"라고 했다. 나랑 예전에 만난 적이 있나? 팔짱을 낀 채 기억이 존재하는 여섯 살 때부터 지금까지 십 년 치의 기억을 뒤적거렸다. 하지만 전혀 떠오르는 게 없었다.

그때 옆에서 누가 내 오른팔을 툭 쳤다.

"야! 뭐 해? 몇 번을 불렀는데."

고개를 돌리자 짝 김유나의 달덩이처럼 동그란 얼굴이 눈에 들어왔다. 오늘도 다듬지 않은 짙은 눈썹이 하늘 높이 솟아 있었다.

"아, 미안. 왜?"

"도덕 쌤이 조 짜래."

칠판을 쳐다봤다. 조별 과제에 대한 안내가 한가득 적혀 있었다. 주제고 뭐고 인원부터 확인했다. 4인 1조였다.

재빨리 눈으로 예진이를 찾았다. 역시나 예진이는 벌써 다른 애들한테 둘러싸여 있었다. 은영이와 새하도 예진이의 책상에 바짝 붙어 있었다.

아직 한 자리 남았나? 확인하려고 고개를 기웃거리는데 은영이와 눈이 마주쳤다. 은영이가 코와 미간을 모으며 찡끗했다. 안타깝다는 뜻이었다.

망했다! 이미 조원이 다 모인 모양이다. 서둘러 교실을 한 바퀴 휘 둘러봤다. 이미 몇몇 조는 책상을 들고 모둠 대형을 만들고 있었다. 어디에 들어갈지 가늠해 봤지만 딱히 들어가고 싶은 모둠이 없을뿐더러, 그들도 나에게 손을 뻗지 않았다.

다시 한번 예진이를 바라본 나는 눈을 의심했다. 예진이 주위에는 벌써 세 개의 책상이 마주 붙어 있었는데, 예진이의 맞은편에 김가경이 앉아 있었다. 쟤가 저 모둠에 들어갔다고?

김가경은 1학년 때 선배들과 논다고 소문이 났던 애다. 지금은 화장이 좀 옅어졌지만, 1학년 땐 길게 뺀 아이라인이며 새빨간 입술이며 얼굴만 봐도 위화감이 들었다.

저런 애를 끼워 주다니. 예진이의 결정이 믿기지 않았다. 물론 아무에게나 친절을 베푸는 게 예진이의 장점이다. 그 덕에 나도 예쁘다고 소문이 난 예진이와 초등학교 3학년 때 베프가 될 수 있었으니까. 그런데 그 장점이 지금 내 앞길을 막은 것이다.

허탈한 심정으로 예진이의 옆얼굴을 관찰했다. 예진이는 나란 존재는 까맣게 잊은 듯 해사한 미소를 짓고 있었다. 저절로 입술이 삐죽 나왔다. 키다리 아저씨한테 푹 빠져 정신 못 차린 내 잘못도 있지만, 조를 짜라고 했을 때 예진이가 바로 나를 찾지 않은 게 좀 서운했다.

그래도 함께하지 못한 걸 안타까워해 주는 은영이가 있어서 조금은 위안이 됐다. 사실, 코를 찡긋한 사람이 예진이였다면 더 기뻤겠지만.

"아직 모둠 못 정한 사람, 손 들어 보세요."

마이크로 증폭된 도덕 선생님의 목소리가 귀에 꽂혔다. 고개를 푹 숙인 채 손을 반쯤만 들었다. 선생님이 검지로 짚어 가며 하나, 둘, 셋, 넷, 숫자를 세더니 다행이란 듯이 말했다.

"딱 네 사람 남았네. 지금 손 든 친구들은 유나 쪽으로 책상 들고 모이세요."

티 나지 않게 김유나를 위아래로 훑었다. 특색 없이 마구잡이로 기른 머리는 며칠 동안 감지 않았는지 기름기가 돌았다. 쌍꺼풀 없는 거북 눈은 세상만사가 따분하단 듯 반쯤 감겨 있었다. 그 눈에도 장점은 있었다. 반 아이들의 이목이 쏠린 이 상황에도 전혀 동요하지 않은 듯 보인다는 것이었다.

하지만 나는 딱딱하게 굳은 표정을 도저히 풀 수가 없었다. 이쪽으로 다가오는 남자애 둘 때문이었다. 초딩 박정혁과 행복한 돼지 여민우였다. 박정혁은 검게 탄 빼빼로 같은 가는 팔로 책상을 낑낑대며 들고 오고 있었고, 여민우는 벌써 작아진 교복 자락 아래로 삐져나온 뱃살을 출렁이며 다가왔다. 마치 서커스단을 보는 듯 반 아이들의 기대 어린 시선이 모였다. 어디선가 키득대는 소리도 들리는 것 같았다.

우리가 책상을 맞붙이자 선생님이 조별 과제를 시작하라고 했다. 그제야 애들의 시선이 각자의 모둠으로 돌아갔다. 주제는 '조원이 존경하는 인물들의 공통점 찾기'였다. 오늘은 역할 분담까지만 하면 됐다.

교실이 웅성대는 소리로 차올랐다. 예진이네 모둠을 곁눈질해 보았다. 넷은 죽이 잘 맞는지 벌써 손뼉을 치며 대박, 대박을 외치고 있었다. 김가경도 어색함이 풀렸는지 은영이의 어깨를 톡톡 치면서 의견을 내고 있었다.

입을 꾹 다물고 우리 조원들의 얼굴을 둘러봤다.

아, 망했다.

탄식이 절로 나왔다. 하지만 이번 수행 평가는 무려 30점짜리라서 손가락만 빨고 있을 순 없다. 바닥까지 내려앉은 의지를 끌어올려 아이들을 향해 물었다.

"얘들아, 누가 조장 할래?"

"응~ 네가 해~."

박정혁이 어느 유튜버의 말투를 따라 했다.

어휴, 저 초딩 새끼. 나는 박정혁을 노려봤다. 키가 140센티미터 정도밖에 안 되고, 하는 짓도 유치해서 별명이 '초딩'인데 우리 반에서 덩치가 제일 큰 여민우 옆에 있으니 진짜 형을 따라온 초등학생 동생처럼 보였다.

솟아오른 화를 누르면서 진행을 이어 나갔다.

"이건 나중에 정하자. PPT는 누가 만들래?"

김유나가 말없이 손을 들었다.

"어, 유나가? 고마워."

놀란 걸 숨기고 역할 란에 김유나의 이름을 적었다.

결국 조장은 나, 각자의 것은 각자가 발표, PPT 제작은 김유나로 정해졌다. 선생님께 활동지를 제출하고 돌아오는데 벌써 내 미래가 눈에 선했다. 1인분도 못하는 애들을 어르고 달래면서 어떻게든 과제를 끝내겠지. 점수가 안 나오면 안 나오는 대로 열 받고, 잘 나와도 무임승차한 기생충들 때문에 배가 아플 거고.

수업 종료 종이 울리자마자 예진이한테 갔다. 예진이네 모둠은 책상도 원위치하지 않고 수다를 떨고 있었다. 아침에 인사도 제대로 못 한 게 생각나 목소리를 한층 높여 은영이를 불렀다.

"은영아! 오늘 끝나고 어디 갈까?"

어제 단톡방에서 오늘 방과 후에 놀자는 이야기가 오고 갔다. 확정된 약속은 아니었지만 일단 할머니한테 늦는다고 말을 해 두었다. 안 그러면 정문에서 기다리고 있던 할머니가 나를 낚아채 곧바로 집에 데려가니까.

"아……."

은영이가 뭐라 말하려는 듯 입술을 오물거리다가 멈췄다. 순간 시끌시끌하던 예진이네 모둠에 정적이 흘렀다. 아이들이 피구를 하듯이 시선을 요리조리 돌렸다. 누가 말할까 서로 눈치만 보더니, 결국 새하가 총대를 멨다.

"오늘은 우리 모둠끼리 단합할 겸 같이 코노에 가기로 했어. 가경이는 이제 우리랑 친해졌잖아."

미사여구 없이 할 말만 딱 하는 게 새하다웠다.

"너도 갈래?"

은영이가 나를 올려다봤다. 눈매가 힘없이 내려간 게 썩 원하는 모양새는 아니었다. 나도 내가 환영받는지, 아닌지 정도는 쉽게 읽을 수 있다.

“아냐, 우리는 다음에 가자.”

있는 힘껏 눈꼬리를 내리고, 입꼬리는 올렸다. 쿨하게 받아들이는 것처럼 보이고 싶었다.

“너도 조원끼리 단합 대회 해.”

김가경의 말에 다른 애들이 빵 터졌다.

뭐야? 나랑 친하지도 않으면서……. 하지만 불쾌함을 숨기고 참 재밌는 농담이라는 식으로 활짝 웃었다.

예진이는 전매특허인 눈웃음을 지으며 나를 바라봤다. 그러나 꾹 다문 입술에서 너도 같이 가자는 말은 나오지 않았다.

수업을 모두 마치고 혼자 학교를 나서 키다리 아저씨와 마주쳤던 횡단보도 앞에 섰다. 아침에 있었던 일이 불쑥 떠올랐으나, 등교 때처럼 흥분이 일지는 않았다. 망상의 설렘이 현생의 외로움까지 지우지는 못하는 모양이다.

신호등이 초록불로 바뀌었다. 한 걸음에 한 번씩 좌우를 살피며 길을 건넜다. 교통사고가 날 뻔했다는 걸 할머니가 알면 등짝 스매싱은 기본이고 입에서 썩을 년, 망할 년, 세상에서 안 좋은 년이란 년은 다 튀어나올 게 분명했다. 로이를 닮은 키다리 아저씨를 만났다고 이야기하고 싶어도, 입을 꾹 봉인하고 그 사실을 무덤까지 가져가야 한다.

무의식적으로 집으로 가는 길을 걷다가 집 앞에서 멈칫했다. 오늘 늦을 거라고 할머니한테 큰소리쳤던 기억이 떠올랐다. 들어갈까 말까 망설이며 빌라 앞을 몇 번이나 서성였다. 해가 지려면 세 시간은 더 남아 있었다.

코인 노래방에 가서 노래라도 부르고 올까? 카페에 가서 웹툰이라도 보고 올까? 여러 고민을 하다가 그만뒀다. 왠지 예진이네와 마주칠 것 같았다. 내가 가는 곳이나 예진이네가 가는 곳이나 거기서 거기일 텐데, 혼자 놀다가 마주치면 그것만큼 쪽팔린 일도 없을 거다.

빌라 입구에서 집 창문 너머를 기웃댔다. 우리 집은 1층이어서 거실이 훤히 보인다. 불투명 시트지를 바르든가 블라인드를 달자고 할머니한테 몇 번이나 의견을 냈지만, 번번이 까였다. 옛날에는 다 이렇게 살았다는 거다. 대체 언제 적 이야기를 하는 건지는 모르겠지만.

창문으로 앉은뱅이책상을 놓고 마주 앉은 두 사람이 보였다. 한 명은 하얗게 센 머리를 곱게 묶은 우리 할머니고, 다른 한 명은 은색 머리카락……이지만 노인은 아니었다. 하얀 셔츠에 검은 정장 바지…… 아침에 본 키다리 아저씨였다!

대화의 주도자는 아저씨였다. 온화한 얼굴로 아저씨가 뭐라 뭐라 말하면 할머니는 가끔 고개만 끄덕였다. 무표정이 기본값인 할머니이긴 하지만, 평소보다 낯빛이 더 어두웠다. 초등학교 5학년 때 할머니 몰래 며칠 동안 학교에 안 갔다가 담임 선생님이 집에 찾아온 적이 있었는데, 그때 선생님을 응대하던 할머니의 안색과 똑같았다.

갑자기 아저씨가 자리에서 일어섰다. 그러고는 낮은 천장 때문에 구부정하게 선 채 할머니에게 손을 내밀었다. 할머니는 영 탐탁지 않은 눈빛으로 그 손을 맞잡았다. 곧 아저씨가 시야에서 사라졌다.

기웃대면서 아저씨를 찾는데, 우리 집 현관문이 벌컥 열리더니 아저씨가 밖으로 나왔다. 허둥지둥 숨을 곳을 찾았다. 주차된 자동차 뒤에 숨어 보려 했지만 금방 들킬 것 같았다. 얼른 계획을 바꿨다. 가방 끝을 바투 잡고 고개를 빳빳하게 든 채 다가오는 아저씨와 마주 보고 걸었다.

아무 생각 없는 척했지만 온 신경은 아저씨에게 향하고 있었다. 걷는 속도를 일부러 늦추면서 아저씨를 가늠했다. 내 정수리는 아저씨의 명치 높이에 불과했다. 다리는 또 얼마나 긴지, 아저씨의 바지로 내 바지 두 개는 만들 수 있을 것 같았다.

주먹 하나 들어갈 정도의 거리를 두고 아저씨를 스쳐 지나가는데 아저씨가 말을 걸어왔다.

"개똥아, 또 보네."

그러면서 거대한 손으로 내 머리카락을 흩트렸다. 순간 향을 피운 듯한 냄새가 코를 찔렀다. 발걸음을 멈추고 아저씨를 올려다봤다. 아저씨의 머리 위에 떠 있는 동그란 태양 때문에 얼굴이 그늘져 있었다.

아저씨가 무릎에 손을 짚고 허리를 숙였다. 그제야 로이를 닮은 얼굴이 보였다. 눈이 마주치자 아저씨는 나를 향해 빙긋 웃었다. 붉은빛이 감도는 눈동자가 부드럽게 가려지고, 복숭아 같은 입술 사이로 가지런한 하얀 치아가 번쩍였다. 예진이고 망한 조 편성이고 근심을 싹 잊게 하는 미소였다. 할머니가 뒤따라 나오지 않았다면 나는 그 자리에 굳어서 석상이 됐을지도 모른다.

"개똥아, 차 조심하고."

아저씨는 골목으로 걸어 나가면서 머리 위로 손을 흔들었다. 차 조심이란 말에 움찔했다. 그래서 할머니가 아저씨를 어떻게 아냐고 묻기 전에 선수를 쳤다.

"저 아저씨 누구야?"

할머니는 입술을 몇 번 옴짝달싹하더니 혼잣말처럼 말했다.

"……빚쟁이."

목소리가 하도 작아서 겨우 알아들었다. 평소라면 괄괄한 우리 이순자 여사 어디 가셨냐고 장난쳤겠지만, 지금은 그럴 분위기가 아니었다. 할머니의 얼굴이 죽은 사람처럼 창백했다.

"우리 집에 빚이 있어? 물려준 것도 없으면서……."

구시렁대며 힘겹게 서 있는 빌라를 올려다봤다. 우리 엄마 아빠와 동갑이라는 이 빌라가 지어졌을 땐 도저히 이해할 수 없는 감성이 유행이었나 보다. 검붉은 벽돌을 차곡차곡 쌓아 올리고 지붕에는 뜬금없이 적갈색 기와를 얹었다. 고동색 알루미늄 현관문과 '용추 빌라'라는 탁한 금색 글씨까지, 전반적으로 톤 다운된 색감 때문에 우울한 기운이 뿜어져 나왔다.

"오늘 약속 파투 나서 일찍 왔어."

이실직고하고는 할머니의 손을 쳐다봤다. 이제 할머니가 휴대폰은 장난감이냐고 소리치면서 주름이 자글자글한 손으로 내 등짝을 후려칠 것이다. 그전에 미리 눈을 감았다.

……뭐지? 아무리 기다려도 반응이 없어 두 눈을 슬쩍 떴다.

"드가자."

할머니는 연극이 끝난 배우처럼 아예 다른 사람이 되어 저벅저벅 집으로 들어갔다.

2

"안미운! 밥 먹어!"

거실에서 할머니가 소리쳤다.

그래, 안미운. 이게 내 이름이다. 아름다울 미 자에 '운치'할 때 운 자. 좋은 건 다 갖다 붙인 결과가 고작 '미운'이다. 예상했겠지만 초등학교 때는 '미운'이란 단어만 등장하면 놀림을 받았다. '미운 오리 새끼' '미운 놈 떡 하나 더 준다' 등등. 물론 지금은 누가 이름을 가지고 지지고 볶아도 눈 하나 깜짝하지 않는다. 하지만 초등학교 2, 3학년 때만 해도 아이들이 놀리면 집에 달려와서는 베개가 다 젖도록 펑펑 울어 댔다.

하루는 대체 누가 내 이름을 이따위로 지었냐고 할머니한테 물어봤다. 할머니는 기억이 안 난다는 말과 함께 여지없이 나이 타령을 했다. 그래서 이름을 지은 게 엄마인지 아빠인지 이제는 알

길이 없다.

누가 됐든 지은이는 '안' 씨가 붙어서 '안미운'이 될 거라고 생각한 모양인데, 간과한 게 있다. 대부분 나를 '미운'이라고 부른다는 거다. 나는 미운이라는 이름이 너무 미워서 꼭 성을 붙여 부르게 했다. 그래서 친한 애들은 나를 '안뮨'이라고 부른다.

기지개를 켜고 방에서 나갔다. 쿰쿰한 청국장 냄새가 코에 박혔다. 아, 아침부터 청국장이야. 온몸에 냄새 밴다니까. 인상을 쓰면서 식탁 의자에 앉았다. 상 위에는 역시나 갈색빛 청국장과 김, 오징어젓갈, 호박무침이 차려져 있었다. 아침부터 한정식으로 밥을 먹고 오는 애는 나밖에 없을 거다. 하지만 나는 과장되게 밝은 목소리를 꾸며 냈다.

"와, 진짜 맛있겠다."

할머니가 국 한 그릇을 더 퍼 오더니 식탁에 마주 앉았다. 어지러울 정도로 꽃이 수놓아진 분홍색 조끼가 눈에 들어왔다.

"할머니, 옷 되게 해사하다."

"뭔데?"

할머니가 도끼눈을 떴다. 역시 눈치가 빨랐다. 이럴 땐 이실직고하는 게 답이다.

"나 용돈 좀……."

할머니의 눈썹이 모여 들면서 미간에 들 입 자 주름이 잡혔다. 나는 재빨리 시선을 밥그릇으로 돌리고 젓가락만 휘적거렸다.

"또 어따 쓸라구!"

"친구들이랑 떡볶이 사 먹게."

"떡볶이? 삼백 원이면 먹는 걸! 지난주에 용돈 준 건 어쩌고!"

고작 일주일에 만 원 주면서 그것도 용돈이라고. 그놈의 돈돈. 할머니는 죽을 때도 돈 쥐고 죽을 사람이다.

"요새 누가 떡볶이를 삼백 원 주고 사 먹어!"

"을만데?"

할머니가 두 눈을 부릅뜬 앞에서도 나는 꿋꿋하게 계산에 들어갔다. 로제 떡볶이 만 육천 원에 분모자 더하면 삼천 원, 쿨피스도 시키고…….

"이만 원!"

"이만 원?!"

할머니 눈알이 금방이라도 튀어나올 것 같았다. 이제 곧 눈 대신 욕이 튀어나오겠지. 귀에도 노이즈 캔슬링 기능이 있다면 얼마나 좋을까?

"이 썩을 년이! 집에 와서 밥 처먹지, 맨날 나가서 먹는다고 돈만 축내고. 할미가 쌔빠지게 번 돈을 손녀 자식은 펑펑 쓰네!"

할머니가 거짓 통곡을 하면서 가슴을 탕탕 쳤다. 어릴 때부터 봐 온 뻔한 연극인 걸 아는데 오늘따라 왠지 울컥했다.

"아, 친구랑 먹을 거란 말이야!"

나도 모르게 버럭 소리를 치고 말았다. 질끈 감은 눈 끝에 눈물이 방울졌다.

아닌 게 아니라, 어제부터 단톡방이 조용했다. 은영이가 '얘들아 잼썼어 잘 가~'라고 보낸 후에 아무도 대답이 없었다. 촉이 섰다. 얘들은 내가 없는 다른 단톡방을 팠을 테고, 은영이는 실수로 내가 있는 방에 보냈겠지. 쉽게 예상할 수 있는 일이었다.

거기에 대고 '내일 내가 떡볶이 쏠 테니까 먹자'라고 보내 버렸다. 그러자 은영이가 일대일 톡으로 '우리 낼 조별 과제 할 거 같은뎅ㅠㅠ'이라고 보내 왔다. 나도 어차피 조별 과제를 해야 해서 끝나고 보자고 했더니, 내일 상황을 보자는 미적지근한 반응이 돌아왔다.

그래도 할머니한테 그래선 안 됐다. 친구를 들먹이는 건 내 마지막 무기다. 이 마법의 단어를 입에 올리면 할머니가 꼼짝 못 하는 것을 아니까.

초등학교 5학년 때, 베프였던 보희와 싸우고 사이가 멀어졌다. 보희는 보란 듯이 다른 친구를 사귀어서 깔깔대고 다니는데 나는 혼자 외롭게 지냈다. 그게 싫어서 학교에 가는 척하고 딴 길로 샜다. 나흘째 되던 날, 담임 선생님의 가정 방문으로 거짓 등교는 끝이 났다.

그 이후로도 친구를 사귀는 일은 자꾸 삐걱거리기만 했다. 중학교 1학년 때까지 학교가 끝나면 총알같이 집에 와서 방에만 틀어박혀 있었다.

그래서 할머니는 내가 친구와 뭘 하겠다고 말하면 그렇게 아끼는 돈을 바로 내 손에 쥐여 준다. 하지만 안타깝게도 그 돈이 내게 친구를 만들어 주진 않았다. 그 시절에 어썸보이가 없었고, 올해 다시 예진이를 만나지 않았더라면 난 아직도 방에 틀어박혀서 폐인처럼 살았을 거다.

결국 주머니에 이만 원을 찔러 넣은 채 집을 나섰다. 죄책감과 안도감을 동시에 느끼며 학교로 향했다.

학교 정문 앞 건널목에 서서 괜히 주위를 두리번거렸다. 키 큰 사람이 지나갈 때마다 그곳을 유심히 바라봤다. 그러다 현실을 자각했다. 빚쟁이라는 데도 좋냐? 어휴, 안미운, 이 꼴통아. 아이돌 아니면 웹툰 속 인물과만 사랑에 빠진 전력 어디 안 가네.

자책하면서도 계속 아저씨를 찾았지만, 초록불이 켜질 때까지도 아저씨는 보이지 않았다.

교실은 절반 정도 차 있었다. 예진이와 은영이도 와 있었다. 가방도 내려놓지 않고 다가가서 애들에게 말을 걸었다.

"예진아, 은영아, 어제 내가 톡 한 거 봤지? 오늘 내가 떡볶이 살게. 가자."

둘은 서로 눈빛을 주고받았고, 곧 은영이가 울상을 지었다.

"안뮨, 우리 오늘도 조별 과제 하기로 했어. 과제 넘 빡세."

나는 주머니에 든 지폐를 꾹 움켜쥐었다.

"아냐, 우리도 오늘 모이기로 했어. 끝나고 볼까?"

내가 한 번 더 묻자 이번엔 예진이가 끝나고 연락하겠다고 말했다. 내가 정말 부러워하는 반달 모양의 눈웃음을 지으며.

"응, 그럼 먼저 끝나면 연락할게."

안심한 나는 자리로 가면서 "단톡방 꼭 봐!" 하고 소리쳤다.

즉시 우리 조원들을 소집했다. 빨리 마쳐야 예진이네와 놀 수 있다는 생각에 마음이 달았다. 그런데 문제가 생겼다. 방과 후에 교실에 남아 후다닥 해치우자고 말하니 박정혁이 집에서 편하게 하자고 난리를 친 것이다. 여민우도 과자를 먹으면서 하자며 설렌다는 표정을 지었다.

다들 근처에 사니 빨리 가기만 하면 될 것 같았다. 그래서 너희 집 중 한 곳으로 가자고 했더니 둘 다 집에 부모님이 계신다며 꽁무니를 뺐다.

나는 김유나와 눈빛을 교환했다. 학교에서 제일 가까운 건 우리 집이다. 조장이니까 우리 집에 가는 게 맞는 것도 같았다. 하지만 그건 죽어도 싫었다. 금방이라도 무너질 것 같은 빌라를 보여주고 싶지 않았다.

두 눈 꾹 감고 집 안으로 들인다고 해도 더 큰 문제가 있었다. 컴퓨터를 쓰려면 쥐똥만 한 내 방에서 과제를 해야 하는데, 네 명은 정원 초과다. 한 명이 의자에 앉고, 두 명이 싱글 침대에 나란히 앉는다고 해도 나머지 한 명은 꼼짝없이 서 있어야 한다.

내가 입을 굳게 다물고 있자 김유나가 말했다.

"우리 집에서 하자."

김유나의 집은 우리 집에서 길을 두 번 건너면 나오는 빌라촌에 있었다. 모조 대리석으로 장식한 외관이 꽤 오래돼 보였지만 그래도 우리 집보다 열 살은 젊을 듯했다.

현관문을 열고 김유나가 먼저 집 안에 들어섰다. 뒤따라 들어가던 박정혁이 허공에 대고 "안녕하세요" 하고 인사했다.

"엄마는 늦게 와."

김유나가 거실 불을 켜면서 말했다.

그 말을 듣고 직감으로 알았다. 김유나는 엄마랑만 산다는 걸. 그러나 박정혁에게 그런 눈치를 기대하기란 어려웠다. 역시나 박정혁이 거실에 발을 디디며 "아빠는?" 하고 물었다. 나는 박정혁을 흘겨봤다. 밤톨처럼 자란 머리를 콩 쥐어박고 싶었다. 얼른 걱정 어린 시선으로 김유나의 안색을 살폈다.

"이혼했어."

의외로 김유나는 별거 아니란 투로 말했다.

"유나야, 냉장고 열어 봐도 돼?"

여민우는 이미 냉장고 문고리를 잡고 있었다. 김유나는 쳐다보지도 않고 "응" 하고는 방으로 들어갔다. 이들을 우리 집에 들이지 않아서 다행이라는 안도감과 함께 김유나에게 떠넘겼다는 미안함이 동시에 밀려왔다. 고개를 절레절레 저으며 김유나가 들어

간 방으로 향했다.

그리고 방 안을 본 나는 문지방에 선 채로 굳어 버렸다. 벽이 어썸보이의 포스터로 빈틈없이 도배되어 있었다. 별천지에 들어선 것처럼 입을 벌린 채 포스터를 하나씩 눈으로 훑었다. 무려 1집 포스터부터 최근 앨범인 5집 포스터까지 버전별로 모두 붙어 있었다. 막내인 로준을 좋아하는지 로준의 개인 사진도 여러 장 있었다.

내가 방에 들어오지 않자 유나가 나를 의아한 눈으로 쳐다봤다. 그러고는 나와 내 시선이 향하는 곳을 번갈아 보더니 암표를 파는 사람처럼 스윽 다가왔다.

"혹시 어써미?"

어써미는 어썸보이의 팬덤명이다. 내가 고개를 끄덕이자 유나가 눈을 반짝였다.

"대박! 우리 반에는 온통 웬디밖에 없는 줄 알았더니."

유나가 내 손을 잡고 안쪽으로 나를 이끌더니 대뜸 컴퓨터 책상 서랍을 열었다. 어썸보이의 포토 카드가 쏟아져 나왔다. 앨범 서른 개는 구매해야 얻을 수 있다는 로이의 시크릿 렌티큘러 포토 카드도 들어 있었다.

혹시 만져 봐도 되냐고 허락을 구했다. 유나가 '로이는' 괜찮다고 말했다. 나는 교복 치마에 손을 박박 닦고 떨리는 손으로 포토카드를 집어 들었다. 좌우로 돌릴 때마다 로이의 복장과 포즈가 바뀌었다. 오른쪽으로 기울였을 때 나오는 검은 슬랙스에 흰 셔츠를 입은 모습은 다시 봐도 키다리 아저씨와 쏙 빼닮았다.

"야! 언제 시작할 거야!"

밖에서 텔레비전을 보던 박정혁이 소리쳤다. 그제야 우리 둘은 시계를 봤다. 벌써 다섯 시였다. 예진이네가 과제를 마치기 전에 우리가 먼저 끝나야 했다. 눈을 딱 감고 로이를 다시 서랍 속으로 보내 주었다.

흥분을 가라앉히고 거실로 나가 회의를 시작했다.

"박정혁, 존경하는 인물."

"나 메시."

박정혁이 갑자기 일어나더니 슛하는 시늉을 했다. 무시하고 여민우에게 물었다.

"여민우, 너는?"

"없는데."

여민우가 순박하게 웃었다. 새하얀 볼이 달걀처럼 뭉쳐졌다. 그 여유에 하마터면 자연스럽게 넘어갈 뻔했다. 그러나 지금은 시간이 없었다. 유치원 선생님처럼 잘 다독여 가며 진행하겠다는 계획을 철폐하고 독재자 모드로 바꾸었다.

"미리 생각해 오라고 했잖아!"

내가 정색하자 과자에 손을 뻗던 여민우가 동작을 멈췄다.

"미, 미안. 근데 진짜 없어."

"아이 씨……."

나는 잇새로 탄식을 내뱉으며 미간을 긁적였다. 그런데 갑자기 박정혁이 여민우의 어깨를 탁 쳤다.

"너 얼마 전에 〈명량〉 봤다며."

"응."

"그럼 그냥 이순신 해."

"그래."

여민우는 저항 없이 받아들였다. 박정혁의 의외의 쓸모에 나는 작게 감탄했다.

"유나야, 너는?"

이번에는 유나에게 물었다.

"나는 솔."

"솔이 뭐야?"

박정혁이 묻자, 유나가 휴대폰을 몇 번 터치하더니 영상 하나를 보여줬다.

빨간 머리 앤이 쓸 법한 밀짚모자를 날리지 않게 잡고 바람을 만끽하는 여성이 화면에 잡혔다. 흩날리는 검고 긴 생머리 사이로 행복에 가득 찬 얼굴이 스쳐 지나갔다. 그러고는 화면이 줌 아웃 되면서 푸른 목장으로 풍경이 바뀌었다.

"여행 유튜버야. 구독자 백만."

"우아, 돈 많이 벌겠다."

박정혁이 휴대폰을 가져가더니 영상을 보면서 감탄했다. 나는 박정혁의 손에서 휴대폰을 빼앗아 유나에게 돌려줬다. 쓸데없는 데 시간을 낭비할 수는 없었다.

"자, 정리해 볼게. 박정혁은 메시, 여민우는 이순신, 유나는 유튜버 솔. 여기까지 됐다."

"야! 너는 누군데?"

박정혁이 물었다. 아, 저 눈치 없는 새끼.

박정혁을 쏘아봤다. 말하고 싶지 않았지만, 여섯 개의 눈동자가 나에게 쏠렸다. 나는 '유나: 유튜버 솔' 아래에 적은 글자를 솔직하게 털어놓을 수밖에 없었다.

"……할머니."

"할머니?"

박정혁이 뭔가 더 물으려는 듯 입을 움찔거렸다. 나는 재빨리 가방에서 A4 용지를 꺼내 하나씩 돌려 입막음을 했다.

"종이 한 장씩 줄 테니까 존경하는 이유 다섯 가지씩 써."

"다섯 가지나?"

박정혁이 기겁을 하면서 바닥에 드러누워 버렸다. 애처럼 구는 모습이 한심해 작게 한숨을 쉬었다.

"야, 일어나. 빨리 끝내게."

유나가 무미건조한 목소리로 얼렀다. 그러자 박정혁이 기계처럼 다시 일어나더니 책상 앞에 바투 앉았다.

의외로 1등은 박정혁이었다. 여민우도 검색을 조금 하더니 성실하게 번호를 채워 나갔다. 다 채우지 못한 건 나뿐이었다. 그 사실을 숨기고 애들이 쓴 종이를 모아 탁탁 치면서 말했다.

"오늘은 여기까지 하자."

그러면서 얼른 시간을 확인하고 상 위에 벌여 놓은 것들을 주섬주섬 정리했다.

"왜? 나 시간 많아. 더 해도 돼. 여민우, 너도 오늘 학원 안 가지?"

박정혁의 물음에 여민우가 고개를 끄덕였다. 순두부처럼 하얀 턱살이 흔들렸다. 그걸 쥐고 흔들면서 "으이그, 너도 박정혁 눈치 따라 가냐!"라고 한 소리 하고 싶었다.

"나 오늘은 일찍 가 봐야 해. 또 해야 하는 거 있으면 단톡방에 말할게."

유나의 집을 나서자마자 예진이가 있는 단톡방에 다급하게 메시지를 남겼다.

[나 끝났어! 너희는?]

박정혁과 여민우와 반대 방향으로 걸어가면서 휴대폰을 확인했다. 내가 보낸 메시지 옆의 숫자 3은 좀처럼 줄지 않았다.

어디로 가야 할지 몰라 골목을 헤매다가 조그만 어린이 놀이터를 발견했다. 계속 휴대폰에 집착하는 내 모습이 싫어서 가방에 던지듯 넣어 버리고 미끄럼틀에 올랐다. 입으로 슈웅, 소리를 내며 타고 내려왔다. 내 키가 150센티미터밖에 안 되는데도 미끄럼틀은 아주 짧았다.

문득 여섯 살 때 생각이 났다. 유치원에 다니지 않았던 나는 할머니와 자주 놀이터에 갔었다. 오전에 가면 내 또래가 아무도 없었다. 그땐 놀이터가 내 세상 같고 좋았다. 그러나 지금은 혼자 이 모든 걸 차지했다고 해서 내 것이 되는 건 아니라는 걸 너무나도 잘 안다.

추억에 젖어 혼자 시소까지 콩콩 탔다. 하지만 내 나이에 맞지 않는 놀이기구는 금세 시시해졌다. 시간이 좀 흘렀겠지, 기대하며 가방을 열어 휴대폰을 확인했다. 연락이 와 있었다. 허겁지겁 가방을 메고 걸으면서 카톡을 읽었다.

[우린 아직도 하는 중ㅠㅠ]

다시 발걸음을 돌려 벤치에 앉았다.

[천천히 해도 돼. 나도 수다 떠는 중ㅎㅎ 기다릴게.]

내가 보낸 메시지 옆에 숫자 3이 떠올랐다. 의미 없이 휴대폰 화면을 위아래로 내리면서 기다리자 은영이가 답장을 보냈다.

[아냐, 담에 놀자. 안뮨, 미안ㅠ]

그제야 모든 숫자가 사사삭 사라졌다. 여전히 예진이와 새하는 말이 없었다.

가로등에 불이 들어와 보랏빛으로 변한 사위를 홀로 밝혔다. 벤치에서 엉덩이를 떼고 집을 향해 터덜터덜 걸었다. 할머니한테 연락할까? 할머니라면 구시렁거리면서도 반드시 데리러 올 거다. 맨날 돈, 돈 하면서도 집에 갈 땐 택시를 타겠지.

생각이 거기까지 미치자 오히려 할머니를 부르는 게 부담됐다. 주머니에 든 지폐를 꾸욱 쥐었다. 쓰지도 않을 거 괜히 욕 들어 가면서 받은 게 후회가 되었다.

대로변에 있는 횡단보도 앞에 섰다. 아침마다 할머니가 주문처럼 외는 "차 조심해!"란 말이 귀에 들리는 듯했다. 성실하게 좌우를 살피며 횡단보도를 건넜다. 어썸보이가 "넌 세상에서 제일 소중해. 무엇과도 바꿀 수 없어" 하고 속삭였지만, 전혀 힘이 나지 않았다.

빌라 앞에 서자 배에서 꼬르륵 하고 알람이 울렸다. 시간이 벌써 여덟 시에 가까워지고 있었다.

3

꿈을 꿨다. 무언가로부터 도망쳐야 하는데, 물속을 달리는 것처럼 몸이 무거웠다. 앞에 달려가는 이들에게 손을 뻗어 같이 가자고 소리쳤다. 하지만 외침은 소리가 되어 나오지 못하고 공허하게 맴돌기만 했다. 꿈인데도 서러운 감정이 나를 덮쳐 왔다.

눈을 떴을 땐 눈꼬리에 눈물이 맺혀 있었다. 스윽 닦고 허리를 세웠다. 여섯 시 십 분이었다. 평소보다 사십 분이나 일찍 눈이 떠졌다. 잠이 더 오지도 않을 거 같아 거실로 나갔다.

할머니가 앉은뱅이책상에 독서등을 켜 놓고 노트에 무언가를 끼적이고 있었다. 내가 다가가자 "왜 이렇게 빨리 인났냐?"라고 묻고는 상을 치우기 시작했다. 태연한 척했지만, 뭔가를 숨기고 싶어 하는 기색이 역력했다.

6학년 때쯤 이런 할머니의 모습을 처음 봤다. 학교에서 갑자기

단축 수업을 했다. 일찍 끝나서 혼자 집에 돌아왔는데 할머니가 지금처럼 무언가를 쓰고 있었다.

가계부인 줄 알았는데, 아니었다. 어떻게 알았냐고? 분홍색 노트 표지에 귀여운 고양이 캐릭터가 그려져 있었고, 고양이의 머리 위에 떡하니 '일기장'이라고 쓰여 있었으니까.

할머니는 노트를 옆구리에 끼고 안방으로 들어갔다. 곧 똑, 하고 문 잠그는 소리가 들렸다. 샤워하고는 축 늘어진 가슴을 가리지도 않고 달랑거리면서 욕실에서 나오면서, 일기장은 기를 쓰고 숨기려는 모습이 우스웠다.

가끔 보면 할머니는 비밀 많은 소녀 같다. 내가 기억하기로, 나는 할머니 방에 들어가 본 적이 없다. 할머니가 안방에 절대로 들어가지 못하게 하기 때문이다. 그래서 할머니가 미울 때면 몰래 방문을 따고 들어가서 일기장을 훔쳐보는 상상으로 나 자신을 달래곤 한다.

오늘도 역시 "차 조심해!" 소리를 들으며 집을 나섰다. 매일 비슷한 루틴으로 하루가 시작된다. 에어팟을 낀다. 어썸보이 노래를 듣는다. 학교 앞 횡단보도에서 원더소년즈의 노래로 바꾼다.

달라진 게 있다면 혹시 키 큰 사람이 지나가지 않는지 횡단보도를 지나치는 이들을 눈으로 쓰윽 훑는다는 거다. 로이의 렌티큘러 포토 카드를 왼쪽으로 기울이면 나오는 항공 점퍼와 찢어진 청바지 룩을 키다리 아저씨한테 입히고 싶다는 망상을 하며.

평소보다 일찍 등교해서인지 교실이 텅 비어 있었다. 듣던 노래를 다시 어썸보이의 노래로 바꾸고 창밖으로 등교하는 아이들을 구경했다. 낯익은 얼굴이 보일 때마다 좀 더 유심히 지켜봤다. 예진이나 은영이, 새하가 오는지 확인해야 한다.

노래에 푹 빠져 있다 보니 어느새 노이즈 캔슬링을 뚫고 교실의 웅성거림이 들려왔다. 절반 정도 찬 교실을 둘러보는데 뒷문으로 들어서는 예진이와 새하가 보였다. 손을 들어 인사하려는데 은영이랑 김가경이 팔짱을 끼고 뒤따라왔다. 조별 과제를 며칠 하더니 제법 친해진 모양이었다. 그러든 말든 오늘은 반드시 내가 원더소년즈의 이야기로 대화의 포문을 열리라.

자리를 박차고 일어서는 순간, 박정혁이 내 눈앞을 가로막았다.

"야, 안미운, 나 어제 집 가서 메시 기록 다시 봄."

그러더니 발롱도르 7회 수상, 피파 올해의 선수 6회…… 묻지도 않은 메시의 위대한 기록을 줄줄이 읊었다. 나는 어, 아, 그래, 하고 영혼 없이 반응하면서 박정혁의 머리통 위로 예진이의 표정을 살폈다. 예진이는 정말 재미있을 때만 나오는 반달 웃음을 한 채 김가경과 이야기를 나누고 있었다.

"월드컵 우승이 마지막 퍼즐이었는데, 그것마저 맞춰졌어."

박정혁은 폭주를 멈추지 않았다. 나는 예의상 짓는 미소조차도 포기하고 박정혁을 노려봤다. 그런데 설상가상으로 여민우가 오더니 질세라 이순신 장군님의 승전 기록을 줄줄 읊기 시작했다.

여민우의 덩치는 내 시야를 완전히 막아 버렸다.

티가 나지 않게 고개를 기웃거리다가 유나와 눈이 마주쳤다. 유나가 갑자기 풋, 하며 입꼬리를 올렸다. 처음 보는 미소였다. 그래서인지 그 미소에 나도 모르게 실없는 웃음이 터져 나왔다.

호시탐탐 기회를 노렸지만 결국 예진이와 딱히 이렇다 할 대화를 나누지 못했다. 쉬는 시간이든 점심시간이든 예진이는 은영이, 새하와 함께 있었다. 그리고 거기에는 김가경도 포함되어 있었다. 똘똘 뭉친 그 아이들의 사이를 비집고 말을 거는 건 쉬운 일이 아니었다. 다짜고짜 말을 걸었다가는 눈치 없다는 소리를 듣기 마련이다. 옛날에 이미 겪어 본 악몽이 스멀스멀 떠올랐다. 점점 아이들에게 다가가는 게 망설여졌다.

방과 후에 텅 빈 교실에 앉아 요즘 나의 언행을 돌이켜 봤다. 눈치 없게 군 적은 없는지, 말을 세게 해서 애들의 기분을 상하게 한 적은 없는지……. 딱히 없는 것도 같다가도 굳이 이유를 붙이면 실수를 한 것도 같았다.

생각에 잠긴 채 무심코 창밖을 바라봤다. 삼삼오오 모여 학교 건물을 빠져나가는 무리가 보였다. 밝게 웃는 얼굴들을 눈으로 좇다가 시선이 정문에 다다라서야 중요한 사실을 잊었다는 걸 깨달았다.

얼른 휴대폰을 확인했다. 학교가 끝난 지 벌써 십오 분이 지나 있었고, 할머니한테 온 부재중 전화가 잔뜩 찍혀 있었다. 나는 전화를 걸려다 말고 대신 애교를 가득 담아 문자를 보냈다.

[할머니이~ 미안, 미안! 오늘 조별 과제가 있는 걸 깜빡했엉. 울 할매 기다렸겠다. 집에서 만나요. 사랑해♡]

문자로는 육시럴 년아, 잡것아, 하는 욕은 못 쓰겠지.

[알앗다]

곧 답장이 왔다. 쌍시옷 쓰는 법을 서너 번 알려 줬는데 또 까먹은 모양이다. 돋보기안경을 머리 위로 추어올리고 검지로 한 글자씩 눌러 가며 겨우 문자를 보내는 할머니의 모습이 머릿속에 그려졌다. 요새 자꾸 할머니를 속이고 인생의 낙을 뺏는다는 생각이 들어 미안함이 솟구쳤다.

하지만 도저히 집에 갈 기분이 아니었다. 할머니 손에 이끌려 집에 처박히면 끝없는 우울이 나를 덮칠 것 같았다. 그러니 혼자 코인 노래방도 가고, 떡볶이도 먹고, 아이스크림도 먹고 다 할 거다. 원대한 포부를 품은 채 교실을 나섰다.

아이들이 빠져나간 학교는 썰렁했다. 중앙 현관을 나서자 운동장에서 공을 차는 남자애들 몇이 보였다. 그중 한 애가 날렵하게 공을 몰고 가더니 슛을 하고는 환호성을 질렀다. 자세히 보니 박정혁이었다. 수업 때는 잠만 자는 애가 그렇게 활기차 보일 수 없었다. 인사를 할까 하다가 그냥 지나쳐 왔다.

정문에 가까워졌다. 발걸음 속도를 늦추고 할머니가 있는지 없는지 살폈다. 할머니가 없다는 걸 확인하고서야 안심하며 에어팟을 꼈다. 주변 소음이 차단되면서 어썸보이의 노래가 내 귀를 가득 채웠다. 소리를 두 칸 키웠다.

"유아 마이 프레셔스. 소중한 건 오직 너, 너만 있으면 돼."

노래를 흥얼대면서 걸었다. 둥. 둥. 둥. 베이스 소리가 심장을 울렸다. 뒤로 깔리기 시작한 기타와 드럼이 내 흥을 고양했다. 거기에 덧입혀지는 메인 보컬 로이의 깔끔한 진성.

"너만 있으면 돼!"

횡단보도 앞에 멈춰 섰다. 이제 곧 클라이맥스다. 고개를 까딱거리며 리듬을 탔다. 천 번은 들은 노래인데 오늘따라 더 흥겨웠다. 발끝으로 리듬을 타다가 〈기프트〉의 킬링 포인트 안무를 따라췄다. 다리에서 시작한 웨이브를 팔까지 연결하고 손바닥을 앞으로 뻗으며 딴! 이번엔 반대 다리로…….

그 순간, 발을 헛디뎌 연석 모서리를 밟았다. 차도 쪽으로 몸이 기울어졌다. 고개를 돌리니 검은색 SUV가 나를 향해 돌진하고 있었다. 눈에 보이는 장면이 슬로 모션을 건 것처럼 천천히 흘러갔다. 그 와중에 걱정이 됐다.

'할머니가 차 조심하라 그랬는데 혼나겠네.'

성난 눈동자 같은 헤드라이트가 나를 향해 점점 가까워져 왔다. 어떤 장면이 번뜩 떠올랐다. 이 순간이 이상할 정도로 익숙했다. 이다음 대포를 쏘는 것 같은 굉음이 들렸던 거 같은데…….

나는 외마디 비명도 지르지 못하고 눈을 질끈 감았다. 드라마에서 본 것처럼 몸이 공중에 붕 뜰까? 엄청 아플까? 그런 잡생각을 하며 부딪히기만을 속절없이 기다렸다.

그때였다. 누군가의 손이 내 어깨를 감싸는 감촉이 느껴졌다. 그러더니 바닥에 곤두박질쳐져야 할 내 몸이 오뚝 일으켜 세워졌다. 슬그머니 오른쪽 눈을 떴다.

"이런. 조심하라고 했잖아."

누군가가 내 왼쪽 귀에서 에어팟을 빼고 나무랐다. 나는 반대쪽 에어팟을 마저 빼고 주위를 살펴봤다. 양쪽 이어폰을 다 뺐는데도 노이즈 캔슬링이 된 것처럼 잡음 하나 들리지 않았다.

"자꾸 이러면 너, 나중에 감당 못 해."

키다리 아저씨가 뚱한 표정을 짓고 서 있었다. 나는 다시 한번 미어캣처럼 고개를 돌려 사방을 둘러봤다. 그리고 소리쳤다.

"뭐, 뭐야, 이거? 아저씨 정체가 뭐예요!"

"뭐긴 뭐야. 눈 제대로 뜨고 봐 봐. 너랑 똑같은 인간이지."

그 뻔뻔함에 당황이 분노로 바뀌었다.

"주변을 좀 보세요!"

검지를 들어 동서남북을 푹푹 찌르며 소리쳤다.

내 바로 옆에 주먹 하나 정도의 간격을 두고 검은 SUV가 멈춰 서 있었다. 맹수처럼 나에게 달려들던 그 차였다. 운전석에는 운전자가 경악을 금치 못한 표정 그대로 굳어 있었다. 그뿐만이 아니었다. 다른 자동차들, 인도를 걷는 사람들, 바람에 날아가는 나뭇잎까지도 얼어 버린 것처럼 멈춰 있었다. 움직이는 건 나와, 자신이 인간이라고 우기는 아저씨뿐이었다.

"인간은 시간 멈추는 짓 같은 건 안 해요! 아저씨, 마법사 같은 거예요?"

내가 계속 따지고 들자 아저씨가 손으로 이마를 짚고는 한숨을 쉬었다.

"어휴, 개똥아, 마법사라니. 상상력이 너무 풍부하잖아."

"그럼 뭔데요?"

"말해 줄 수 없어."

갑자기 아저씨의 표정이 단호해졌다.

"말해 줘요."

"안 돼."

"말해 달라니까요?"

"안 된다니까?"

나는 아저씨를 쏘아봤다. 그렇게 한참을 말없이 노려보자 아저씨가 항복의 표시로 양손을 들어 보였다.

"에휴, 그래, 말해 줄게. 난 악마야."

"악마요?!"

예상치 못한 답변에 나도 모르게 목소리가 커졌다. 혼자 깜짝 놀라 또 주위를 둘러봤다. 다행히 사람들은 여전히 멈춰 있었다.

정신을 바짝 차리고 눈앞의 아저씨를 위아래로 훑었다. 은색 머리칼 사이로 뿔 같은 건 보이지 않았다. 하얀 셔츠 등판에 날개도 없었고, 우월한 기럭지를 빛내 주는 검은 정장 바지에도 꼬리 비슷한 것조차 보이지 않았다. 악마는 무슨, 그냥 로이를 빼닮은 훈훈한 사람이었다.

"진짜 악마 맞아요?"

내 의심에 아저씨가 고개를 끄덕였다.

"그럼…… 저 죽은 거예요?"

죽었다고 생각하니 가장 먼저 할머니 얼굴이 떠올랐다. 눈물이 핑 돌았다. 손녀가 교통사고로 죽은지도 모르고 〈쇼 미 더 트로트〉를 보면서 손뼉을 치고 있을 할머니. 꽃무늬 몸빼 바지를 펄럭이며 부산스럽게 저녁을 준비할 할머니. 그러고는 하염없이 손녀를 기다릴 할머니. 그래도 안 들어오면 휴대폰을 멀찍이 들고 내 이름을 일일이 검색한 다음 전화를 걸 할머니…….

울음이 차올라 목이 메었다. 악마가 온 이유는 나를 지옥으로 데리고 가기 위해서일 테지. 그동안 내가 지은 죄를 꼽아 봤다. 학교 안 가겠다고 발악하며 할머니를 괴롭힌 거, 할머니한테 문제집 산다고 거짓말하고 돈 타서 다른 데 쓴 거, 할머니가 맨날 마중 나와서 친구들이랑 못 논다고 할머니 싫다고 말한 거…….

내 악행의 피해자는 모두 할머니였다. 만만한 게 할머니지. 참 못됐다, 안미운. 미운 짓만 골라서 했네. 고작 열다섯에 춤추다가 죽을 줄 알았으면 할머니한테 잘할걸.

볼을 타고 흘러내리는 눈물을 닦았다. 진정이 되지 않아 어깨가 덜덜 떨렸다.

"할머니한테 소식이라도 알리고 싶어요. 도와주세요."

"집에 가서 말하면 되지."

"전 죽었잖아요. 으앙!"

죽었다는 말을 입으로 내뱉자 울음이 확 터져 나왔다.

"야, 야, 야, 야, 뭐라는 거야."

아저씨가 다급하게 나를 불렀다.

"죽을 뻔한 걸 내가 살린 거야."

울음을 참느라 끅끅대면서 아저씨를 바라봤다. 눈에 물기가 가득한 탓에 아저씨의 얼굴이 흐렸다.

"저 안 죽었어요?"

"응."

"아저씨가 절 살린 거예요?"

"그래."

"저 지옥 안 가요?"

"지옥에는 왜 가?"

아저씨가 황당하단 듯 눈을 동그랗게 떴다. 나는 코를 훌쩍이면서 눈에 맺힌 눈물을 마저 닦았다. 죽지 않았다는 사실에 마음이 조금 놓였다.

내 울음이 잦아들자 아저씨가 말했다.

"이제 진정됐어? 그럼 책임져."

"뭘요?"

"너 때문에 내 정체를 밝혀 버렸잖아."

"왜 저 때문이에요?"

"네가 길에서 요상한 동작을 하는 바람에 차에 치일 뻔했고, 널 구하려고 어쩔 수 없이 마력을 써서 내가 악마라는 걸 들킨 거잖아. 그러니까 네 탓이지."

도로에서 춤추는 거까지 다 지켜봤다니. 얼굴이 달아올랐다. 부끄러움을 숨기려 괜히 목청을 높여 따지듯 물었다.

"날 계속 보고 있었어요? 나 미행했어요?"

"그게 내 일이야."

"무슨 일인데요?"

"계약자와의 계약을 성실하게 이행하는 거."

"계약이요?"

"소원을 들어주는 거야. 물론 대가를 받고."

"저한테 걸린 계약이 있어요? 뭐예요?"

"계약 내용은 절대 말해 줄 수 없어. 금기야."

아저씨가 엄정한 얼굴을 했다. 그치만 궁금한걸. 나는 은근한 눈빛을 보내며 졸랐다.

“아, 뭔데요오!”

“이건 절대 안 돼. 벌써 너 때문에 행동 강령을 하나 위반했다고. 책임져.”

“어떻게 책임져요?”

아저씨가 오른 손목을 돌려서 차고 있던 시계를 봤다. 그러고는 무언가를 계산하는 듯 위를 쳐다보며 입을 중얼중얼하더니 나에게 물었다.

“개똥아, 돈 좀 있어?”

주머니에 손을 꽂아 넣어 보았다. 어제 할머니한테 받은 이만 원이 그대로 남아 있었다.

“네, 근데 왜요?”

“라면 먹자. 네가 사.”

그리하여 악마라 주장하는 아저씨와 편의점으로 향하게 되었다. 분식집에 데리고 가고 싶었으나 아저씨는 시간이 없다며 가장 가까운 곳으로 가자고 했다.

우리는 편의점 구석의 벽 테이블 앞에 나란히 서서 라면을 끓였다. 아저씨는 뜨거운 면발을 호호 불며 곧잘 먹었다.

“악마가 라면도 먹어요?”

내가 묻자 아저씨가 만족스러운 얼굴로 대답했다.

"인간 음식이라 배는 안 부르지만 맛은 나. 존맛탱."

나는 그만 씹고 있던 면발을 뿜어 버렸다.

"아니, 악마가 무슨 그런 말을 써요."

"요새 많이 쓰던데. 인간 세계에 왔으면 인간의 법을 따라야지."

고개를 꺾어 아저씨를 올려다봤다. 라면 때문에 더 붉어진 입술이 눈에 들어왔다. 그런 탈인간적인 얼굴로는 인간답게 못 살아요, 아저씨. 연예인처럼 살아야지.

김밥까지 사이좋게 나눠 먹고 배불리 식사를 마쳤다. 아저씨는 입이 얼얼하다며 바나나우유까지 요구했다. 악마가 아니라 양아치인가 싶다가도, 얼굴을 보면 짜증이 사르르 녹았다.

빨대 꽂은 우유를 손에 들고 물었다.

"아저씨, 절 본 적 있어요?"

"응, 그럼. 너 다섯 살 때부터 봤지."

안타깝게도 다섯 살 이전의 기억은 무로 자른 듯이 뚝, 잘려 나가 하나도 떠오르지 않는다.

"그리고 또 질문."

"또 뭐?"

아저씨가 질린다는 표정을 지었다. 그러든지 말든지 배시시 웃으며 물었다.

"왜 저를 개똥이라고 불러요?"

아저씨가 고개를 갸웃했다.

"개똥이가 아니었나? 똥개? 개똥? 그런 거였는데."

"아, 그니까 그게 뭐냐고요."

"너희 할머니가 너를 부르던 이름."

4

"이 썩을 년아, 할미 얼굴을 왜 그렇게 빤히 쳐다봐. 또 돈 필요하냐?"

"아, 아니야."

나는 재빨리 고개를 밥그릇에 박았다.

"어제 라면 처먹고 와 가지고 얼굴 퉁퉁 부은 거 좀 봐. 돈 펑펑 써 가면서 몸에도 안 좋은 걸 왜 먹고 댕기는지 몰라. 집에 오면 밥 차려 줘, 설거지도 해 줘, 지는 손에 물 한 방울 안 묻히는데."

할머니의 푸념이 끝없이 이어졌다. 하지만 내 귀에 담기는 말은 없었다. 내 머릿속은 온통 궁금한 것투성이였다. 할머니는 빚쟁이가 악마라는 걸 알까? 할머니는 왜 악마를 빚쟁이라고 부를까? 악마는 다섯 살 때부터 나를 봤다고 했는데, 그때 할머니도 같이 있었을까?

하나하나 물어보고 싶었지만, 아저씨는 자신의 정체를 타인에게 절대 발설해선 안 된다고 했다. 말하면 영영 입을 열지 못할 거라고 저주까지 뿌려 놨다. 덕분에 할머니한테 비밀이 또 하나 늘었다.

어릴 땐 학교에서 있었던 일을 미주알고주알 다 일러바쳤는데, 어느 순간부터 진짜 비밀은 이야기하지 않게 됐다. 그렇지만 할머니도 요샌 자기가 뭐 하고 다니고 무슨 생각을 하는지 도통 말해 주지 않으니 퉁치기로 하자.

"할머니."

할머니가 도끼눈을 뜨고 나를 노려봤다.

"나 어릴 때 뭐라고 불렀어?"

할머니의 검은자가 잠깐 모로 가더니 이내 돌아왔다.

"기억 안 난다."

"맨날 기억 안 난대. 할머니는 나에 대해 아는 게 뭐야? 말 좀 해 줘."

"네가 내 나이 돼 봐라, 엉?"

"맨날 나이 타령."

투덜대며 현관을 나서려는데 할머니가 말했다.

"오늘은 일찍 들어와."

강경했으나 힘이 빠진 듯한 목소리였다. 휴대폰을 꺼내 날짜를 확인했다. 5월 4일. 엄마 아빠의 기일이다.

아차차, 실수했다. 금세 착한 손녀로 변해 알겠다고 했다. 오늘만큼은 할머니의 심기를 건드려선 안 된다.

현관문을 가만히 닫고 골목을 빠져나왔다. 무겁게 내려앉은 분위기에서 해방된 내 발걸음은 가벼웠다. 엄마 아빠라고는 하지만 얼굴도 모르고 추억도 없다. 그러니 오늘은 내가 감상에 젖는 날은 아니다. 그저 할머니가 안쓰러운 거지.

오늘도 어썸보이의 노래와 함께 등교했다. 빨리 학교에 가고 싶어서 폴짝폴짝 뛰다가 큰길로 나오자마자 행동을 단속했다. 아저씨가 어디선가 지켜보고 있을 테니까.

교실에 들어서자 오늘도 예진이 주위에는 은영이와 새하, 김가경이 뭉쳐 있었다. 들떠 있던 마음이 착 가라앉으면서 긴장이 됐다. 마음을 가다듬고 일부러 밝은 표정을 꾸몄다. 자신감을 잃기 전에 와다다 달려가서 금붕어를 담은 물주머니를 어항에 붓듯 한 번에 말을 쏟아 냈다.

"얘들아, 얘들아, 나 어제 로이 닮은 아저씨 봤다."

아저씨, 미안해요. 악마란 말만 안 하면 되는 거죠?

"로이가 누구?"

새하가 새초롬하게 물었다. 올라간 눈매 때문에 마치 시비 거는 것처럼 들렸다.

"어썸보이에 미국인 멤버가 있거든."

말을 내뱉고 나서야 아차 싶었지만, 재빨리 당황한 기색을 지웠다. 어썸보이는 원더소년즈의 적이다. 적 이야기를 할 땐 뒷담 말곤 하면 안 된다. 아이들의 눈치를 살폈다. 역시나 어썸보이란 말에 벌써 흥미를 잃은 분위기였다.

"아, 어썸보이…… 하하……."

은영이가 난감한 듯 어색하게 웃어 보였다. 잠시의 정적을 틈타 김가경이 아이들 사이로 머리를 집어넣었다.

"애들아, 어제 〈뮤직중심〉 봤어? 우리 오빠들 무대 카메라 무빙 미쳤더라."

화제가 순식간에 원더소년즈로 바뀌었다.

종이 울렸다. 멀뚱히 서 있던 나는 말없이 제자리로 왔다. 내가 있건 없건 그들은 즐거워 보였다.

"하이."

유나가 손바닥만 내보이며 인사했다. 나도 하이, 하고 답했다. 유나의 얼굴을 보자 자연스레 유나의 방이 떠올랐다. 혹시?

유나에게 아이들에게 했던 말을 똑같이 해 보았다. 유나의 반쯤 덮인 거북 눈이 점점 커지더니 완전한 동그라미가 됐다.

"헐, 개 부러워, 시발."

갑작스러운 욕에 움찔했다. 유나는 랩을 하는 것처럼 다다다다 말을 쏟아 냈다.

"더 이야기해 봐, 당장. 어디서 어떻게 만났고, 어떻게 생겼고, 머리카락 한 올, 옷의 구김까지 하나도 놓치지 말고."

횡단보도에서 아저씨와 마주친 이야기를 했다. 은색 머리칼부터 뾰족한 검은 구두까지. 평소 말수가 적고 표정도 단조로운 유나는 생각보다 리액션 장인이었다. 유나의 상상력을 충족시켜 주기 위해 온갖 묘사와 비유를 동원했다. 물론 아저씨가 나를 지켜준다는 것과 같이 라면 먹은 이야기는 쏙 뺐다. 아저씨의 진짜 정체는 나만 알고 있어야 하니까.

1교시 시작 시간이 다 되어 이야기를 멈췄다. 할 말은 더 있었지만, 이 정도만 해도 가려운 곳을 벅벅 긁은 것처럼 속이 다 시원했다.

수업이 시작된 후, 나는 유나의 옆얼굴을 힐끔댔다. 유나는 다시 원래의 뚱한 표정으로 칠판을 바라보고 있었다. 방금까지 욕을 내뱉어 가면서 흥분하던 그 아이가 맞나 싶었다.

이번에는 고개를 돌려 예진이를 바라봤다. 예진이는 긴 속눈썹을 깜빡이며 수업에 집중하고 있었다.

곧 후회감이 밀려왔다. 신이 나는 바람에 유나와 호들갑을 떨고 말았다. 다른 무리의 아이와 친하게 지내는 일은 원래 무리에 들어가는 문을 닫는 것과 마찬가지다. 예진이는 항상 친절하지만, 단호한 면이 있어서 남의 그룹으로 간 아이와는 말을 섞지 않았다. 초등학교 3학년 때도 그랬다.

수업이 끝나자 유나가 내 어깨를 톡톡 쳤다. 수업 시간엔 금방이라도 잠들 것 같던 눈에 광채가 났다. 나는 씩 웃어 보이고 아저씨에게 잘 어울릴 착장에 관한 논의를 이어 가려고 했다.

그 순간, 내 머리 위로 여러 개의 그림자가 드리워졌다.

"안뮨! 무슨 이야기를 그렇게 재밌게 해?"

고개를 들자 온화하게 미소 짓는 예진이가 보였다. 그 뒤에 은영이와 새하, 김가경까지 있었다. 나는 예진이네 무리와 그 애들을 쳐다보고 있는 유나의 얼굴을 번갈아 살폈다. 유나는 이마에 주름을 잔뜩 잡은 채 불만스럽다는 표정을 짓고 있었다.

"아, 우리 과제 이야기하고 있었어."

그러고는 자리에서 일어서서 사물함 뒤쪽으로 아이들을 이끌었다.

"무슨 일이야?"

갑자기 사근사근하게 구는 친구들의 모습에 조금 설렜다.

"오늘 떡볶이 먹으러 갈래? 지난번에 못 먹었잖아."

"아……."

내가 주춤하자 새하가 "왜, 안 돼?" 하고 인상을 썼다. 오늘은 빨리 집에 가야 한다. 일 년에 딱 하루, 할머니가 마음 놓고 실의에 빠지는 날이니까. 나는 자식을 잃은 기분을 모르지만, 할머니의 표정만 봐도 그 슬픔이 어느 정도일지 생생하게 전해졌다. 그래서 항상 할머니의 곁을 지켰는데…….

점심시간에 급한 일이 있다며 담임 선생님께 휴대폰을 받았다.

바로 할머니한테 문자를 보냈다.

[할머니, 진짜 미안한데, 오늘 예진이랑 다른 친구들이랑 시간 보내고 들어갈게.]

이 정도로는 안 되겠다 싶어서 하나를 더 보냈다. 가장 애잔해야 할 사람은 할머니인데, 그 감정마저 내 것이 더 크다고 말하는 것 같아 미안했다. 하지만 어쩔 수 없었다.

[나, 애들이랑 진짜 친하게 지내고 싶어서 그래. 미안해.]

"안뮨! 시켜야지. 뭐 해?"

휴대폰을 만지작거리는 나를 새하가 다그쳤다. 할머니에게서는 답장이 없었다.

"지난번에 사기로 한 거 오늘 사."

주머니를 뒤적였다. 악마 아저씨한테 라면 사 주고 김밥 사 주고 우유 사 주고 남은 돈이 있었다. 지폐를 꺼내 들었다.

"근데 만 삼천 원밖에 없어."

이것저것 추가해서 나온 떡볶이 가격은 이만 삼천 원이었다.

"나머지는 내가 낼 테니까 다음에 보내 줘."

예진이가 방긋 웃으며 만 원을 건넸다.

“미운아, 우리는 초등학교 3학년 때도 친구였지만, 지금은 초등학생이 아니잖아. 이 정돈 먹어야지.”

예진이는 환하게 웃었지만, 나는 억지웃음밖에 안 나왔다. 예진이가 나를 미운아, 하고 불렀기 때문이었다. 친해진 이후로 그렇게 부른 것은 처음이었다.

주문한 떡볶이를 가운데에 놓고 다섯이 둘러앉았다. 홀수는 항상 문제가 된다. 역시나 김가경과 새하, 예진이와 은영이가 짝을 지어 내가 모르는 이야기를 주고받기 시작했다. 끄트머리에 앉은 나는 관심 있는 척하는 표정을 지은 채 분위기를 살피다가 잠시 조용해진 틈을 타 은영이에게 말을 걸었다.

“은영아, 과제 잘 돼가고 있어?”

“응, 다들 죽이 척척 맞아.”

괜히 솟아나는 서운함을 숨기고 또 물었다.

“너넨 존경하는 인물 누구 했어?”

“그건 발표할 때 들어.”

갑자기 새하가 치고 들어왔다. 그러자 은영이가 몸을 조금 틀어 다시 예진이 쪽을 향했다.

“아, 맞다, 김유나 어땠어?”

김가경이 물었다. 말투에 뒷담화를 하고 싶다는 마음이 진하게 배어 있었다.

“뭐, 친해질 겨를이 어딨어. 과제 하느라 바쁘지.”

나는 긍정도 부정도 아닌 말로 둘러댔다.

"걔, 지금도 머리 떡 져 있지? 초딩 땐 더 했어."

"대체 왜 안 씻는 거야?"

새하가 이해가 안 된다는 투로 물었다.

"엄마랑만 살아서 그렇다는데?"

김가경이 그 말을 나를 향해 쏜 것도 아닌데 가슴이 아렸다. 엄마 아빠가 다 없으면 평생 안 씻는다고 생각하는 거야, 뭐야.

"가까이 가기도 싫어."

새하가 일그러진 표정으로 말했다.

"그니까. 그거 들었어? 김유나, 초등학교 6학년 때 짝한테 의자 던졌잖아."

김가경은 조금 신나 보였다.

"호강 초등학교 나온 애들은 다 알아. 완전 눈 돌아서 괴물처럼 소리 지르고 난리였어."

"왜 그랬대?"

은영이가 놀라서 묻자, 김가경은 진절머리 난다는 듯 고개를 가로저었다.

"몰라. 조금 다퉜는데 걔가 발작한 거지, 뭐. 안 봐도 뻔해."

유나에 대한 험담은 거기까지였다. 이야기는 자연스럽게 연예인의 뒷담화로 넘어갔고, 연예인한테는 당연히 그래야 한다는 듯 수위가 높아졌다. 눈살이 찌푸려졌으나 묵묵히 듣기만 했다.

떡볶이를 먹고 나왔을 땐 주황빛 노을이 지고 있었다.

"안뮨, 노래방 갈래?"

은영이가 물었다. 무리 지어서 노래방에 가는 건 좋아하지 않지만, 같이 놀고는 싶었다. 하지만 돈이 없었다. 빌려 달라고 하기에도 쪽팔렸다.

"나 오늘 할머니가 일찍 오라고 해서."

사실 지금 집에 가 봐야 추모의 시간은 끝났을 것이다. 어릴 땐 할머니 손을 잡고 추모 공원에도 가곤 했는데, 언제부터인가 그냥 집에서 간소하게 추모식을 지내게 되었다.

"아, 그래? 잘 가."

은영이가 손을 흔들었다. 아이들은 군무를 오래 연습한 걸 그룹처럼 동시에 뒤돌아섰다. 나는 힐끗, 몇 걸음 가서 또 힐끗 뒤돌아보았지만, 아이들은 신난 발걸음을 한 번도 멈추지 않더니 금세 시야에서 사라졌다. 붙잡지도 않네…….

집에 들어가자 창문을 넘어온 가로등 불빛만이 주황색으로 거실을 물들이고 있었다. 불이 완전히 꺼진 집은 오랜만이었다. 불을 켜면서 "어휴, 어둡네" 하고 괜히 혼잣말을 내뱉었다.

할머니도 보이지 않았다. 안방 문 앞에 서서 혹시나 하고 문고리를 돌려 봤다. 역시 잠겨 있었다. 내 방으로 돌아가려는데 안에서 할머니의 목소리가 흘러나왔다.

"밥은 먹었냐?"

"뭐야? 왜 불도 안 켜고 있었어?"

깜짝 놀라 괜히 할머니를 타박했다. 문에 귀를 대고 기척을 살폈다. 혹시 할머니가 우는 건 아닌지 걱정됐다. 할머니 얼굴을 보고 들어갈까, 아니면 그냥 둘까 고민하다가 할머니에게 혼자 있을 시간을 주기로 했다.

"나 밥 먹고 왔어. 할머니 쉬어."

방으로 들어왔다. 내 방도 역시 캄캄한 어둠뿐이었다.

5

5월 5일 어린이날.

늦잠을 자겠노라 다짐했건만 일찍 눈이 떠졌다. 손을 뻗어 휴대폰부터 확인했다. 내게 온 메시지는 한 통도 없었다. 어제 집에 들어오면서 먼저 가서 미안하다고, 재밌게 놀라고 단톡방에 보내 놓았는데, 이에 대한 답조차 없었다. 은영이마저도 답장하지 않았다. 너무 늦은 시간에 연락하기가 미안했던 모양이라고 애써 짐작하면서 몸을 벌떡 일으켜 거실로 나갔다.

식탁 위에 분홍색 밥상 덮개가 올려져 있었다. 오늘 아침 메뉴는 달걀을 넣은 북엇국과 시금치무침, 꽈리고추 멸치볶음이었다. 옆에는 할머니는 일하러 가니까 밥 챙겨 먹으라는 쪽지가 놓여 있었다. 유료 폰트처럼 정갈하고 큼직한 할머니의 글씨체는 언제 봐도 감탄스럽다.

작년, 할머니는 노인 일자리 사업에 신청서를 넣었다. 대기자가 많아서 오 개월 뒤에 합격 연락이 왔다. 한 달에 고작 이십만 원 정도 받는 일인데도, 할머니는 대기업에 취업한 것처럼 함박웃음을 지었다.

할머니가 맡은 일은 지하철 도우미다. 질서 유지와 지하철 탑승 도움 같은 간단한 일을 한다고 했다. 격주로 출근 시간대와 점심 시간대에 출근하는데, 이번 주는 출근 시간 담당인 모양이다. 출근 시간대에는 어른들도 몸이 찌부러지는 고통을 겪는다는데, 장작처럼 마른 할머니가 무슨 질서 유지를 위해 힘쓴다고. 병원비가 더 나온다고, 가지 말라고 말려 봤으나 허탕이었다. 일하러 나가는 할머니의 얼굴에는 자부심에 비장함까지 서려 있었다.

식탁에 앉아 평소처럼 유튜브를 틀고 수저를 들었는데, 괜히 마음이 허허했다. 어린이날이라고 그런 건 아니었다. 나는 초등학교 4학년 때부터 어린이날을 챙겨 달라고 떼쓰지 않았으니까.

3학년 어린이날에 겪은 일 때문이다. 할머니 손을 잡고 동물원에 갔었다. 레서판다에 흠뻑 빠진 내게 옆에 선 아주머니가 말을 걸어왔다. 허리를 숙여 두 무릎에 손을 짚고는 나를 바라보며 "귀여운 꼬마 아가씨, 부모님은 어디 계셔요?" 하고. 그 옆에는 건장한 체격의 아저씨와 행복에 겨운 얼굴을 한 남자 꼬맹이가 있었다. 어린이날이라면서 부모님은 왜 찾는지. 그날, 나는 자체적으로 내 인생에서 어린이날의 사망 선고를 내렸다.

밥을 다 먹고 설거지까지 마친 후에 방으로 들어왔다. 침대에 누워 유튜브도 보고 인스타그램도 뒤적였지만 따분했다. 어제 봤던 어썸보이의 〈뮤직중심〉 무대를 다시 틀었다. 로이가 머리칼을 휘날리며 춤을 추는데 문득 아저씨가 생각났다. 돈을 마구 쓰긴 했지만, 아저씨랑 있을 때 재밌긴 했다.

어깨까지 내려오는 머리카락을 국수처럼 휘휘 만 다음 고무줄로 대충 묶었다. 그 위에 모자를 쓰고 집을 나서 학교 앞 횡단보도로 갔다. 쉬는 날이라 학교 앞은 텅 비어 있었다.

"아저씨."

작게 불러 보았다. 아무 반응이 없었다.

팔짱을 끼고 골똘히 생각하기 시작했다. 나와 관련된 계약이 뭘까? 아저씨가 나타난 건 내가 차에 치일 뻔해서고…….

아하! 나는 씩 미소를 짓고 일부러 발을 헛디뎠다.

"으악, 아저씨!"

시늉만 하려고 했으나 비틀거리다가 진짜로 바닥에 자빠졌다. 아, 이게 아닌가. 무릎을 문지르며 일어서는데 등 뒤에서 아저씨의 목소리가 들려왔다.

"뭐야, 뭐야!"

"와, 대박. 진짜 왔네."

"너 괜찮아? 이번엔 무슨 일이야?!"

아저씨가 허둥지둥하며 나를 일으켜 세웠다.

"큰일 날 뻔했어요."

"뭔데?"

아저씨의 두 눈이 휘둥그레졌다. 나는 심각한 표정을 지으며 물었다.

"아저씨, 케이크도 먹어 봤어요?"

"그건 안 먹어 봤는데."

"존맛탱이에요. 같이 먹으러 가요."

"너 다친 거 아니었어?"

"맞아요, 일단 가요."

그렇게 말하며 나는 얼른 아저씨의 등을 떠밀었다.

카페는 가족 단위 손님들로 가득 차 있었다. 동네의 어린아이가 다 나온 듯 시끌벅적했다. 겨우 구석에 있는 자리를 찾아 앉았다. 티라미수와 딸기가 올라간 생크림케이크를 사서 아저씨 앞에 뒀다. 아저씨는 요리 연구가처럼 신중하게 케이크를 한 입 먹더니 눈을 번쩍 떴다.

"진짜 맛있네."

"많이 드세요."

내가 흐뭇하게 바라보자, 아저씨가 경계하는 눈빛을 띠었다.

"왜 이래?"

"물어볼 게 있어요."

"뭔데?"

"계약은 어떻게 하는 거예요?"

"왜? 하게?"

아저씨의 검붉은 눈동자가 반짝였다. 아무래도 지금 내 눈앞에 있는, 자꾸만 미소 짓게 만드는 저 잘생긴 남자가 악마인 건 확실한 모양이다.

"하늘에 대고 소원을 외치는 거야. 아주 간절하게. 그럼 그 지역 담당 악마가 출동하지."

"왜 천사가 아니고 악마가 와요?"

"천사들은 기쁜 사건, 악마들은 슬픈 사건을 담당해."

"계약자가 많아요?"

부지런히 케이크를 퍼먹던 아저씨가 동작을 멈추고 물었다.

"너, 인생에서 아주 절박했던 적이 없구나?"

잠깐 떠올려 봤으나 바로 생각나는 때가 없었다. 하늘에 대고 울부짖을 만큼 간절했던 적이 없긴 했나 보다.

하지만 간절함이라는 게 눈덩이처럼 뭉쳐져 있을 수도 있지만, 늘 지니고 다니는 버스 카드 같은 것일 수도 있지 않나? 어릴 땐 나도 다른 애들처럼 부모님을 갖고 싶었다. 지금은 기일만 되면 바람이 쭉 빠진 풍선처럼 기운을 잃는 할머니를 위해서라도 부모님이 살아 돌아왔으면 좋겠다. 나는 아저씨 쪽으로 상체를 숙이고 목소리를 낮춰 물었다.

“……죽은 사람을 살릴 순 없죠?”

굉장히 은밀하고 중대한 질문이라고 생각했는데, 아저씨는 단박에 “있지” 하고는 포크에 묻은 생크림을 쪽 빨았다.

“그런데 순리를 거스르는 데에는 많은 대가가 필요해.”

“예를 들면요?”

“사람 한 명을 살리려면 제물이 필요해. 각기 다른 사람의 머리, 팔, 다리, 몸통 그리고 심장이 있어야 하지. 그러니까 총 다섯 명의 부위 다섯 개가 필요하단 뜻이야. 실제로 그걸 시도한 사람이 있었어. 어떤 남자의 자식이 유괴됐는데, 얼마 뒤에 차가운 시체로 돌아왔거든. 그때부터 남자는 앞뒤 가리지 않고 제물을 모으기 시작했어. 심장만 남기고 경찰에 붙잡혀서 실패했지만.”

아저씨는 눈 하나 깜빡이지 않고 무덤덤하게 설명했다. 나는 눈앞에서 그 일이 벌어진 것처럼 인상을 썼다. 부모님을 살리고 싶다는 소원은 패스다.

“그래서 소원이 뭔데?”

“친구를 갖고 싶어요. 날 불안하게도, 질투하게도 만들지 않는 온전한 나만의 친구.”

아저씨가 수저를 내려놓고 매끈한 턱을 쓰다듬으며 잠시 고민하는 듯하더니 다시 물었다.

“친구가 뭔데?”

나는 실눈을 뜨고 아저씨의 의중을 가늠했다. 친구의 사전적 의미를 묻는 건지, 친구에 관한 나의 철학을 묻는 건지 분간이 안 됐다.

"지옥엔 친구가 없어요?"

"그러니까 그게 뭐냐고."

헐, 진짜로 뜻을 몰라서 묻는 거였다니. 악마들에게는 친구가 없는 모양이다. 지옥에 갇혀 벌 받는 인간끼리도 친구가 안 되나? 영화에서 보니까 일곱 개의 지옥에서 다 같이 벌을 받던데. 지옥에서 꽃 피는 우정이라…… 그것도 좀 이상하긴 하다. 나는 이마를 문지르며 말했다.

"하긴 벌 받으라고 만든 불구덩이에서 친구를 사귀면 좀 그렇겠네요."

"불구덩이? 웬 불구덩이?"

"지옥 말이에요."

"야! 지옥이 불구덩이면 뜨거워서 어떻게 살아?"

황당하다는 듯 아저씨가 눈을 껌뻑댔다. 나도 따라서 껌뻑대면서 잠시 아저씨의 혼란을 공유했다.

"지옥에 대해서 단단하게 오해하고 있네. 지옥은 말이야, 한국으로 치면 항상 5월쯤의 봄 날씨야. 늘 꽃이 만발해 있고, 나무에는 사시사철 열매가 달려 있지. 따먹고 싶으면 언제든 뚝 따서 먹으면 돼. 눈앞에 펼쳐진 산등성이와 졸졸졸 흐르는 반짝이는 강물은 또 얼마나 아름다운데. 절경이 따로 없어."

아저씨가 청산유수로 묘사해 준 덕분에 한 폭의 그림 같은 장면이 머릿속에 그려졌다. 노란 햇살 사이로 새가 짹짹거리는 소리가 들리는 듯했다.

아니, 지옥이 그렇게 생겼다고? 나는 따지듯 물었다.

"그건 천국 아니에요?"

"천국도 똑같은 모습이야. 다른 게 있다면 지옥엔 다른 사람이 존재하지 않아. 철저히 혼자지. 언제 끝날지 모르는 시간을 매일 반복하며 사는 거야. 천국은 사랑했던 사람들과 같이 지낼 수 있어. 하하 호호 웃음이 끊이지 않아. 그리고, 지옥의 진짜 무서운 점이 뭔지 알아?"

"뭔데요?"

"천국이 보인다는 거야. 보고 싶지 않아도 그걸 계속 지켜봐야 해."

그 정도면 불지옥보다는 나쁘지 않은 거 같은데. 나는 소심하게 속으로만 반발했다.

"그래서 친구가 뭐야?"

"아, 맞다."

휴대폰으로 '친구'를 검색했다. 아주 흔해 빠진 단어인데 막상 뜻을 물어보니 답하기가 어려웠다. 휴대폰을 들어 검색 결과를 아저씨에게 보여 줬다.

"가깝게 오래 사귄 사람?"

아저씨가 뜻을 소리 내어 읽더니 물었다.

"할머니 있잖아?"

"누가 할머니를 친구라고 해요."

작게 한숨을 쉬었다. 내가 원하는 소원을 아저씨에게 이해시키기에는 사전적 의미만으로는 좀 부족했다. 상대가 영어를 쓰면 '프렌드'라고 알려 줄 텐데, 한국말로 대화를 하면서 친구가 뭐냐고 물으니 설명하기 난감했다.

"음, 기쁠 땐 같이 기뻐하고, 슬플 땐 슬퍼하고, 고민이 있으면 털어놓기도 하고. 또, 취미 생활도 같이하고, 맛있는 거 있으면 같이 먹고, 쇼핑도 같이 가고……."

내 말이 길어질수록 아저씨의 표정이 점점 일그러졌다.

"그런 게 친구야? 너무 부담되겠는데?"

"부담이 왜 돼요? 친구인데."

"네가 느끼는 대로 똑같이 느낄 상대를 찾는 거 아니야?"

"네, 어떻게 보면 그렇죠."

"상대는 네가 아닌데 어떻게 그게 가능해?"

말문이 턱 막혔다. 반박할 말들이 마구 떠올랐지만 뒤죽박죽이었다. 친구 뜻도 모르면서 갑자기 왜 이렇게 말을 잘해?

"하나만 묻자. 그럼 너는 네가 느끼는 걸 온전히 느끼고 있어? 좋을 땐 좋아하고, 싫을 땐 싫어하고 있느냔 말이야."

아저씨의 질문에 왜 예진이가 생각났는지 모르겠다.

난 예진이를 좋아한다. 항상 붙어 다녔던 초등학교 3학년 때도 그랬고, 지금도 그렇다.

중학교 2학년 첫날, 등교하는 내내 집으로 도망치고 싶단 생각밖에 하지 않았다. 교실에 들어섰을 때는 숨 막히는 정적에 질식할 것 같았다.

그때, 침묵 속에서 뒷문이 사르륵 열리고 예진이가 해사한 얼굴로 교실에 들어섰다. 그때의 기쁨은 도무지 말로 표현할 수 없다. 예진이만 있다면 다른 애들은 전부 모르고 지낸다고 해도 아무렇지 않을 것 같은 기분이었다.

하지만 열다섯 살에 다시 만난 예진이에게는 그 애만의 세계가 생겨 버렸다. 그 안에는 은영이와 새하 그리고 김가경까지 살고 있다. 그나마 은영이는 공감형 캐릭터라서 나와 어느 정도 맞는다. 새하는 가끔 말을 세게 하지만 같이 있으면 재미있다. 반대로 김가경은 나랑 아무 접점도 없고, 옆에 있으면 모래를 뿌린 것처럼 마음이 까끌까끌하다.

나도 예진이의 세계에 들어가고 싶다. 그래서 어써미면서 웬디인 척을 하고 있다. 마라탕을 좋아하지 않는데도 같이 먹는다. 물론 아등바등하는 내 모습을 종종 자각할 때도 있다. 그럴 땐 남이 찍어 준 내 사진을 볼 때처럼 나 자신이 소름 돋게 싫다. 하지만 예진이의 세계에서 떨어져 나가는 건 더 싫다.

냉정하게 생각해 보자. 내 눈앞에서 케이크 부스러기를 박박

긁어먹고 있는 악마의 말이 맞다. 인정하고 나자 가슴 한편이 찌르르 울리며 쓰라렸지만, 나는 당차게 웃어 보였다.

"그럼요. 전 저를 잘 알거든요."

"그럼 다행이고."

아저씨가 고개를 끄덕끄덕했다. 그러고는 다 먹은 접시를 테이블 가운데로 밀고 의자에 등을 기댄 채 팔짱을 끼더니 말했다.

"내가 봤을 때, 너는 사랑이 필요한 거야."

한국에 온 지 삼 년 됐다더니, 아직 한국말을 잘 모르는구먼.

"아뇨! 사랑 말고 친구! 우정!"

"개똥아, 잘 들어."

아저씨가 집중하라는 듯 검지를 들어 보이더니 말했다.

"인간들이 말하는 우정, 존경, 공경 같은 건 다 사랑에서 분화된 거야. 칼에 찔려 죽든, 목이 졸려 죽든, 차에 치여 죽든 다 죽음이라고 말하는 것처럼."

웩, 비유가 왜 저래.

"아, 됐어요, 됐어요."

나는 양손을 앞으로 뻗고 세차게 저었다.

"계약 안 해요, 안 해. 더럽고 치사해서 나 원."

그러면서 아저씨처럼 의자에 등을 최대한 기대고 팔짱을 꼈다. 말 없는 대치가 잠시 이어졌다. 먼저 입을 연 건 아저씨였다.

"개똥아, 맛있는 거 같이 먹으러 다니는 것도 친구라고?"

고개를 끄덕였다. 그러자 아저씨가 말했다.

"담당 지역 옮길 때까지는 내가 해 줄게. 그 친구라는 거."

6

아저씨가 간과한 게 있다. 첫째는 지금 연휴라는 것. 둘째는 학원을 두세 개씩 다니는 여타 중학생에 비해 나는 시간이 왕창 많다는 것.

어썸보이의 포토 카드를 사려고 남겨 둔 돈을 지갑에 넣었다. 그걸로도 모자라 동전만 모아 두는 돼지 저금통을 열어 동전을 바닥에 쭉 깔고, 오백 원만 쏙쏙 골라 동전 지갑에 챙겼다. 마지막으로 내가 아끼는 로이의 포토 카드를 챙겨 거실로 나갔다. 느긋하게 〈쇼 미 더 트로트〉를 보던 할머니가 눈을 동그랗게 떴다.

할머니는 내가 늦잠을 잘 줄 알고 밥을 안 차렸다며 허둥대며 부엌으로 향했다. 나는 친구랑 밥 먹을 거고, 친구랑 같이 집에 오니까 마중 나올 필요 없다고 못을 박았다. 냉장고를 뒤적이던 할머니가 멀뚱히 서서 나를 바라봤다. 그 눈빛을 애써 무시하고 집을 나섰다.

빌라 현관을 빠져나오자마자 아저씨를 불렀다. 아저씨가 팁을 줬다. 쓸데없이 자빠지지 말고 자기 모습을 머릿속으로 떠올리면서 세 번 부르면 오겠다고 했다. 물론 안 바쁘면.

"아저씨! 아저씨! 아저씨!"

"어, 왜."

아저씨가 골목에서 걸어 나왔다. 그 모습이 하도 자연스러워서 우리가 미리 약속을 잡고 만난 듯한 착각이 들었다.

"친구, 우리 맛있는 거 먹으러 가요."

"괜히 말했나 보다. 이렇게 야무지게 써먹을 줄은 몰랐네."

"쉬는 날이잖아요."

"인간들이 쉴 땐 악마가 바쁠 때야."

아저씨는 투덜대면서도 내 뒤를 잘 따라왔다.

첫 번째 코스는 분식집이었다. 초등학생 때부터 문지방이 닳도록 드나든 곳이다. 꼬마김밥과 떡볶이를 시켰다. 과학자가 실험하듯 신중하게 김밥을 집어 든 아저씨에게 떡볶이 국물을 찍어서 먹어 보라고 했다. 흥미로워 하며 두 눈썹을 들썩이는 게 맛이 나쁘지 않은 듯했다.

편의점에서 아이스크림을 하나씩 사서 먹으면서 다음 코스를 고민했다. 아저씨는 둥근 액정이 달린 시계를 틈틈이 확인했다. 기세를 이어 어디든 가지 않으면 금방이라도 떠날 것 같았다. 얼른 그동안 친구들과 같이 다녔던 곳을 주욱 떠올려 봤다.

아! 안 간 곳이 있었다. 나는 미소를 머금은 채 빠른 걸음으로 앞장섰다.

"어서 오세요, 비비디바비디부입니다!"

자동문이 열리자 공주풍 드레스를 입은 직원들이 양손을 흔들었다. 반대로 양손을 바지 주머니에 찔러 넣은 아저씨는 온통 분홍색인 공간을 보고도 뭐 이런 곳이 다 있나, 하는 표정으로 눈동자를 굴릴 뿐 별다른 말이 없었다. 또래 남자애들처럼 호들갑을 떨지 않아서 좋았다.

나와 아저씨를 본 직원들이 흠칫 놀라더니 이내 서비스 정신으로 무장된 미소로 우리를 반겼다. 매대에서 화장품을 고르던 고등학생 언니들은 입을 손으로 가리고 뭐라고 속닥였다. 아저씨 때문이겠지. 비비디바비디부는 로이가 광고 모델로 있는 화장품 가게니까.

틴트 코너로 가서 이것저것 둘러보는 척하면서 주위의 시선을 만끽했다. 괜히 우쭐해졌다. 이런 사람, 아니, 이런 악마를 이곳저곳 이끌고 다니는 사람이 바로 나라니. 마음 같아선 등하굣길에도 함께하고 싶었다.

립밤 하나를 집어 들었다. 요새 아이돌들이 많이 바른다는 주황색 립밤이었다. 이름은 '첫 키스의 달콤한 추억'. 테스트용 제품을 집어 아저씨에게 건넸다.

"아저씨, 이거 발라 봐요."

아저씨는 아무 저항 없이 립밤을 받아 내가 시범을 보이는 대로 립밤을 손가락에 찍어 입술에 문댔다.

와…….

입이 떡 벌어졌다. 가게의 새하얀 조명에 반사되어 반질거리는 하얀 피부와 살구색으로 반짝이는 입술까지. 로이 그 자체였다.

그때 찰칵, 하고 사진 찍는 소리가 들렸다. 황급히 주위를 둘러봤지만 누가 찍었는지 알 수 없었다. 어느새 우리를 보는 눈이 많아졌다. 그들의 눈엔 호기심을 넘어 탐구심까지 담겨 있었다. 훤칠하고 훈훈한 아저씨와 누가 봐도 평범한 중학생인 내가 무슨 관계인지 궁금해하고 있었다.

아이섀도를 구경하는 아저씨를 끌고 계산대로 갔다. 립밤을 계산하고 아저씨한테 넘겼다. 아저씨는 주머니에 찔러 넣은 손을 꺼내 립밤과 함께 다시 넣었다. 친절로 중무장한 직원이 평정심을 잃고 놀란 얼굴로 우리 둘을 번갈아 봤다. 중학생이 아저씨한테 립밤을 선물하는 장면은 쉽게 볼 수 없으리라. 직원에게 고개 숙여 인사하고는 재빨리 가게에서 빠져나왔다.

사람들의 뜨거운 시선을 받아서인지, 정오의 태양이 내리쬐어서인지 몸이 후끈거렸다. 카디건을 벗어 팔목에 걸쳤다.

"덥죠? 시원한 거 드실래요?"

"덥지는 않지만 좋아."

아저씨가 땀이 한 방울도 맺혀 있지 않은 뽀송한 얼굴을 세 번이나 끄덕였다.

좀전의 당혹감을 떠올리며 손님들의 연령대가 좀 높은 동네 카페로 갔다. 자리에 앉자마자 아저씨의 팔목을 톡톡 쳤다.

"아저씨, 아저씨, 아까 사람들이 로이, 로이 하는 거 들었어요?"

"아니? 그게 뭔데?"

재빨리 가방에서 포토 카드를 꺼내 테이블 위에 올렸다.

"이거 제가 제일 아끼는 건데 선물로 드릴게요."

"선물?"

"친구끼리는 선물도 주고 그러거든요."

"난 줄 게 없는데."

"안 주셔도 돼요. 지금 같이 있는 것만으로도 선물이거든요."

"그게 왜 선물이야?"

"있어요, 그런 게."

얼굴이 달아올랐다. 재빨리 포토 카드를 아저씨 앞으로 밀었다.

"로이라고, 아저씨를 똑 닮은 연예인이에요."

팔짱을 낀 채 눈으로만 포토 카트를 힐끔 내려다본 아저씨가 아는 체를 했다.

"아, 얘?"

"알아요?!"

나도 모르게 소리쳤다. 움찔하며 다급하게 주위를 살폈지만 다행히 옆 테이블 아주머니들은 수다 삼매경에 빠져 있었다.

"모를 수가 있나. 얘가 내 모습으로 변하게 해 달라고 소원을 빈 건데."

"언제요?"

"한 오 년 됐나?"

빠르게 로이의 나이에서 다섯 살을 빼 봤다. 고작 열다섯 살 때였다.

"그럼 로이도 계약자인 거네요?"

아저씨가 황급히 손으로 입을 틀어막았다. 그러고는 애원하는 눈빛으로 나에게 말했다.

"개똥아, 제발 그만 물어라. 자꾸 말하면 안 되는 걸 말하게 되잖아. 이러다 진짜 끌려가겠어."

하지만 여기서 포기할 내가 아니었다. 무려 최애 로이의 이야기 아닌가. 의자를 끌어 아저씨에게 더 가까이 다가갔다.

"로이가 빈 소원은 뭐예요?"

"으으으음, 말해 줄 수 없어."

아저씨가 고개를 가로저었다.

"계약금으로 뭘 걸었어요?"

"그것도 말할 수 없어."

아저씨는 아예 눈을 감아 버렸다. 쳇, 일단 일 보 후퇴다.

결국 로이에 관한 건 아무것도 알아낼 수 없었다. 하지만 카페

문을 열고 나왔을 땐 이상하게도 로이에게 부쩍 친근감이 느껴졌다. 하늘에 붕 떠 있던 연예인이었다가, 그 사람도 똥오줌 다 싸는 똑같은 사람이라는 걸 알게 된 느낌이랄까.

여기에는 아저씨의 존재도 한몫했다. 만화를 찢고 나온 듯한 얼굴이지만 자주 보다 보니 익숙해졌다. 여전히 잘생기긴 했지만.

아저씨의 시계에서 알람이 울렸다. 아저씨는 이제 일을 하러 가야 한다고 말했다. 누군가가 하늘에 대고 애절하게 신을 찾은 모양이다. 시간을 보니 세 시였다. 저녁은 할머니랑 먹어야겠다고 생각하며 집으로 향하는데, 아저씨가 계속해서 따라왔다.

"왜 안 가요?"

"친구는 같이 가는 거 아니야?"

"그렇긴 한데……."

"그럼 가."

착한 악마는 빌라 입구까지 같이 와서야 돌아섰다. 나는 살짝 감동해서 손을 흔들었으나 아저씨는 쌩하니 사라져 버렸다.

7

악마 아저씨와 보낸 달콤한 시간을 되새김질해 보았다. 아이돌(과 똑같이 생긴 악마)을 수족처럼 부리는 중학생 안미운. 웹 소설 같은 일이 내게 벌어졌다. 따뜻한 물에 몸을 담근 것처럼 기분이 몽롱했다.

"야, 안미운!"

누군가의 부름에 정신이 확 깼다. 박정혁이 한심하다는 눈빛으로 나를 쳐다보고 있었다.

"발표 대본 짜래."

여민우가 내 앞에 활동지 한 장을 놓았다.

박정혁과 여민우는 삐뚤빼뚤한 글씨로 자기들이 고른 인물을 왜 존경하는지 막힘없이 써 내려갔다. 몇 번을 윽박질러 훈련시킨 덕분이었다. 유나도 평소에 고민을 많이 했는지 금세 활동지를 다 채웠다.

문제는 나였다. 할머니 생일이나 어버이날에 편지를 쓸 때가 아니면 할머니에 대해 깊게 생각해 본 적이 없다. 그런데도 존경하는 인물로 뽑은 건 할머니가 나를 키우기 위해 얼마나 노력하는지 가장 가까이서 봐 왔기 때문이다.

할머니는 점점 커지는 나의 몸뚱이에 비례해 불어나는 양육비를 감당하기 위해 노인 일자리를 찾는 데 열을 올렸다. 떨어지면 폐지라도 주우러 나갈 기세였다.

내 건강에도 엄청나게 신경을 써 준다. 패스트푸드나 라면은 독이 든 것처럼 죽어도 못 먹게 한다. 그러면서 내가 부엌에 들어가는 꼴도 절대 못 봤다. 삼시 세끼를 전부 당신 손으로 마련해서 내 입에 들어가는 걸 봐야 그제야 안심했다. 내가 한동안 곡기를 끊은 적이 있어서 그런가 싶었다.

그래, 할머니에 대한 존경심은 안미운의 지랄 맞음과 비례한다.

"다 썼다!"

환호성을 지른 박정혁이 내게 활동지를 들이밀었다. 곧이어 여민우도 제출했다.

이제 이걸 대본으로 바꿔야 한다. 너희가 직접 발표한다고 생각하고 웅얼웅얼 소리 내어 읽어 본 다음에 내용을 수정하라고 시켰다.

"유나야, 너랑 나는 PPT 만들고 최종 발표도 해야 해."

"그럼 오늘 우리 집에 올래?"

유나의 물음에 갑자기 신이 났다. 유나는 어썸보이 이야기를 나눌 수 있는 유일한 창구니까.

그러나 대답하기가 망설여졌다. 새하의 말이 번뜩 떠올랐기 때문이었다. 유나가 짝한테 의자를 던졌다는 것, 그래서 결국 혼자가 됐다는 것.

이 애와 함께하면 나도 고립되는 걸까? 아냐, 이번에는 과제 때문에 가는 거잖아. 유나가 좋아서 가는 건 아니잖아. 그렇지? 나는 나를 설득했다.

"그래, 가자."

이동 수업이 많아 하루가 정신없이 흘러갔다. 교무실에 볼일이 있다며 정문에서 만나기로 하고 유나를 먼저 보냈다. 그대로 교실에 잠시 있다가 시차를 두고 늦게 나섰다. 예진이네한테 유나와 나란히 걸어 나가는 모습을 보이고 싶지 않았다.

정문에 다다라 은밀하게 유나를 찾는 내 눈에 할머니가 보였다. 그제야 할머니한테 늦는다고 연락을 하지 않았다는 걸 깨달았다. 분홍색 티에 분홍색 조끼를 입은 할머니는 쏟아지는 학생들 사이에서도 단연 눈에 띄었다.

내가 할머니에게 다가가자 어디서 왔는지 갑자기 유나가 내 옆에 섰다. 나는 주위에 예진이네가 없는지 살피고는 할머니한테 유나를 소개했다.

"할머니, 김유나야. 내 짝."

할머니나 유나가 '친구'라는 단어를 내뱉기 전에 내가 먼저 관계를 정의했다. 유나와 내가 친구로 명명되는 순간, 더 이상 예진이와 친구가 될 수 없다는 예감이 들었기 때문이었다. 그래 놓고는 유나의 눈치를 슬슬 봤다.

"안녕하세요, 할머님."

유나가 양손을 앞으로 모으고 허리 숙여 인사했다. 전매특허인 뚱한 표정은 사라지고 얼굴에 귀여운 미소가 떠 있었다.

"아이고, 네가 유나구나? 말 많이 들었다."

나는 귀를 의심했다. 할머니가 구사한 교양 있는 말투 때문이었다. 낯선 생명체를 보듯 할머니를 쳐다봤다. 할머니와 유나는 둘 다 내가 처음 보는 모습으로 서로 하하 호호 하며 인사치레를 했다.

"오늘 숙제한다고?"

할머니가 판에 박힌 미소 그대로 나를 바라보며 물었다. 고개를 끄덕이자 할머니는 바로 조끼 주머니를 뒤적였다.

"유나랑 맛있는 거 사 먹으면서 해라."

그러고는 나에게 반의반으로 접힌 이만 원을 건넸다. 괜히 체면 차린다고 무리하는 게 아닌가 싶어 할머니의 안색을 살폈다. 그러나 할머니는 그 어느 때보다 기분이 좋아 보였다. 평소라면 빠지지 않았을 훈계 몇 마디조차 덧붙이지 않고 깔끔하게 돌아섰다.

할머니가 준 돈으로 햄버거를 사서 유나의 집으로 갔다. 유나네 집은 오늘도 비어 있었다. 바로 유나 방으로 직행해서 햄버거부터 해치웠다.

터질 것 같은 배에 손을 올리고 숨을 돌렸다. 어느 정도 숨쉬기가 편해졌을 때, 유나가 컴퓨터 책상 아래에서 팔 길이만 한 상자를 꺼내 들더니 내 앞에 놓았다.

"이거 봐라."

나는 보물을 발견한 해적처럼 눈이 휘둥그레졌다. 내용물을 보지 않아도 그 상자가 무엇인지 너무나 잘 알고 있었으니까.

"어썸보이 응원 봉? 미쳤다."

"너 오면 깔려고 언박싱 안 했음."

"야, 이거 뜯어도 돼?"

"뜯어야 쓰지. 나 한 달 뒤에."

"헐, 티켓팅 성공?"

"응, 오 예!"

유나가 갑자기 일어나더니 〈기프트〉 춤을 추기 시작했다. 몸이 꽤 날렵했다. 어썸보이 콘서트 티켓은 가격이 십만 원이 넘는데도 순식간에 매진되는 '헬켓팅'으로 악명이 높아서 엄두도 못 내고 있었는데. 나는 부러움 섞인 시선으로 유나의 댄스에 손뼉을 치며 환호했다.

어썸보이에 관한 대화를 마치니 벌써 저녁 여섯 시가 넘어가고 있었다. 가로등 불빛이 어슴푸레하게 창에 비쳤다. 유나의 어머니는 일곱 시면 오신다고 했다. 우리는 허겁지겁 과제를 시작했다.

"유나야, 근데 PPT 만들 줄 알아?"

내 물음에 유나가 가소롭다는 듯 콧방귀를 뀌었다.

"영상도 만드는데 그 정도는 껌이지."

유나가 휴대폰 화면을 몇 번 두드리더니 내 앞에 들이밀었다. 유튜브 영상이 재생되고 있었다. 아마추어 냄새가 나긴 했지만, 직접 만든 채널 로고와 자막까지 공들인 티가 났다. 화면 속 토끼 가면을 쓴 여성이 꾸벅 인사했다.

"안녕하세요, 유아입니다. 오늘은 웹 소설 『낮에는 이사님, 밤에는 기사님』 1화부터 10화까지 리뷰해 볼 예정입니다."

처음에는 인지하지 못했는데, 계속 들으니 목소리가 익숙했다. 유나의 목소리였다. 세상만사가 따분하다는 듯한 평소 목소리와 다르게 맑고 고왔다. 무엇보다 딕션이 귀에 딱딱 꽂혔다.

"헐, 너 유튜브 해?"

유나가 자부심이 느껴지는 얼굴로 고개를 끄덕였다.

영상을 다시 보면서 구독, 좋아요, 댓글 개수를 세어 봤다. 전부 합쳐도 30이 넘지 않았다. 유나가 눈치채지 못하게 세 개밖에 달리지 않은 댓글을 빠르게 읽었다.

— 유아님 목소리가 너무 좋아서 매일 켜 놓고 자요.

— 앞으로 잘 될 거예요!

— 사랑해요, 유아 님♡

누가 봐도 가족 부대를 동원한 모양새였다. 티가 나도 너무 났다. 남의 홀쭉한 지갑을 본 것처럼 민망함이 몰려왔다. 유나가 그동안 올린 영상은 스무 개가 넘었다. 여태까지 가족이 쓴 댓글밖에 없다면 이걸 하는 게 의미가 있나, 시간 낭비가 아닌가 하는 회의적인 생각만 들었다. 서둘러 유나에게 휴대폰을 돌려줬다.

"하는 거 안 힘들어?"

속마음을 에둘러 물었다.

"이거 하다가 밤샐 때도 많아. 깜빡 졸아서 씻지도 못하고 헐레벌떡 등교한 것도 한두 번이 아니야. 나 맨날 지각하고, 학교에서 졸잖아. 알지?"

유나는 내 의중을 파악하지 못했는지 신나서 떠들기 시작했다.

"근데 재밌어. 새로운 영상 올릴 때마다 우리 엄마가 이모랑 할아버지, 할머니한테도 링크 뿌려서 좋아요 누르고 댓글 달라고 막 협박하거든? 그래서 조회 수가 좀 나올 때도 있어. 가끔 생판 모르는 사람이 영상을 보고 댓글을 달아 줄 때도 있는데, 그게 또 그렇게 달콤하다. 열 시간씩 편집하다가도 그런 댓글 하나에 피로가 사르르 녹아. 그 맛에 하는 거 같아."

유나의 표정에서 그간의 고통과 환희가 고스란히 느껴졌다. 나는 영상 하나만 슬쩍 보고 안될 이유를 서너 개쯤 찾았는데, 유나는 그게 아닌 모양이었다.

"유튜브를 직접 해 봐서 유튜브 크리에이터가 얼마나 대단한지 알게 됐잖아. 솔은 말이야……."

유나는 또 한참을 여행 유튜버 솔에 관한 이야기를 늘어놓았다. 나는 유나의 이야기보다는 유나를 관찰하는 게 재미있었다. 말하는 내내 유나는 꿈에 잠긴 듯 몽롱하기도 했다가, 솔이 여행 도중에 인종 차별을 당한 이야기를 할 땐 제 일처럼 씩씩거리기도 했다. 이런 얼굴이든, 저런 얼굴이든 유나가 누군가한테 의자를 던질 사람으로는 도저히 보이지 않았다.

대화가 끊어진 건 현관문이 열리는 소리 때문이었다. 어느새 창밖이 검게 바뀌어 있었다. 유나와 나는 놀란 얼굴로 시선을 교환하다가 방 밖으로 나갔다.

"어머! 유나 친구 와 있었구나?"

유나의 어머니가 양손에 든 비닐봉지를 식탁에 올려놓으며 환한 표정으로 반겼다. 세련된 정장 차림의 아주머니는 유나를 꽤 어릴 때 낳았는지 굉장히 젊어 보였다. 나는 겨우 고갯짓으로 인사하고 그 자리에 뻘쭘하게 서 있었다. 옆에 있던 유나가 제 엄마한테 쪼르르 달려갔다.

"옴마, 머 사 와쪄?"

내 눈과 귀를 동시에 의심했다. 상상도 하지 못했던 유나의 살가운 모습과 애교 섞인 목소리 때문이었다.

더 놀라운 건 아주머니의 태도였다. 이 상황이 익숙한 듯 유나의 허리에 팔을 감싸고 "우리 강아지, 밥은 먹었어? 밥 먹었으면 아이스크림 줄까?" 하며 유나를 어린애 대하듯 대했다.

"아, 맞다. 엄마, 쟤는 내 친구 안미운. 이름 예쁘지?"

"어머, 이름이 정말 예쁘네."

"어썸보이 팬이래. 대박이지."

"너희 반엔 어써미 없다며. 좋은 친구를 만났네?"

놀란 얼굴을 꾸며 내서 반응해 주던 아주머니가 나를 향해 말했다.

"아이스크림 줄게. 먹고 가렴."

아주머니는 약간 신이 난 듯 콧노래까지 부르며 비닐봉지를 뒤적였다.

"아니에요, 저, 집에서 부모님이 기다리셔서요."

나는 다시 꾸벅 인사하고 후다닥 유나의 집을 나와 버렸다.

가로등만이 겨우 앞을 비추는 어두운 골목길을 걸었다. 유나의 어머니가 유나를 바라보던 사랑 가득 담긴 눈빛이 자꾸만 아른거렸다. 그냥 집에 가 봐야 한다고 말해도 됐는데 왜 거짓말을 했을까. 없는 부모님을 만들 필요까지는 없었는데.

울적한 마음으로 큰길 신호등 앞에서 멈춰 섰다. 라이트를 켠

차들이 쌩쌩 지나가자 불현듯 아저씨가 떠올랐다. 끼고 있던 에어팟을 빼고 아저씨를 불렀다.

"어, 왜."

내 등 뒤에서 아저씨가 나타났다.

"안 바빠요?"

"어, 이제 막 일 끝났어."

"퇴근하면 뭐 해요?"

"소원에는 퇴근이 없지. 인간들 부지런함을 따라가려면 몸이 백 개라도 모자라."

아저씨가 시계 화면을 검지로 넘기면서 말했다.

아저씨를 올려다봤다. 자동차 라이트에 반사되어 빛나는 아저씨의 얼굴은 여전히 잘생겼다. 울적하고 외로운 순간에도 내 심장은 잘생긴 얼굴에 반응하는구나. 안미운, 진짜 답 없다.

두근거리는 가슴을 누르면서 조금 뻔뻔하게 말했다.

"집에 좀 같이 가 줘요."

"그래."

의외로 아저씨는 흔쾌히 응했다.

집으로 가는 내내 아저씨는 말이 없었다. 긴 침묵이 불편했다. 나랑 있는 게 재미없겠지? 귀찮은 건 아닐까? 못난 생각들이 마음속에서 삐죽삐죽 튀어나왔다.

동시에 좀 서운했다. 아저씨와의 만남은 부르면 바로 달려오는 택시처럼 쉽지만, 원활하게 소통한다는 느낌은 없다. 진짜 친구라면 내가 갑자기 연락했을 때 무슨 일 있냐고 물었을 텐데. 하지만 아저씨는 주머니에 손을 찔러 넣은 채 조용히 걷기만 했다.

두 번째 신호를 건너자 낯익은 동네가 나타났다. 나는 그제야 낯가림이 풀린 사람처럼 아저씨에게 말을 걸었다.

"아저씨는 나한테 왜 잘해 줘요?"

"잘해 줘?"

아저씨가 입술을 모으고 잠깐 고민하다가 내 것과 비슷하게 생긴 휴대폰을 꺼내 들었다. 그러고는 양 엄지로 화면을 두드리더니 곧 나에게 들이밀었다. 화면에는 국어사전이 떠 있었다.

"'잘해 주다'란 말은 없는데? 무슨 뜻이야?"

눈을 가늘게 뜨고 화면을 유심히 살폈다. 정말로 사전에 '잘해 주다'라는 단어는 존재하지 않았다. '잘하다'는 있었는데, 뜻이 세 가지나 됐다.

1. 옳고 바르게 하다.
2. 좋고 훌륭하게 하다.
3. 익숙하고 능란하게 하다.

내가 얘기한 의미와 딱 맞아떨어지는 건 없었다. 답답함이 차올랐지만 꾹 참고 차근차근 설명했다.

"제가 부르면 와 주고, 물어보면 답해 주고, 이야기하면 들어 주고, 뭐 그런 거 있잖아요."

아저씨가 시큰둥한 얼굴로 눈동자를 굴렸다.

"그게 잘해 주는 거야? 당연한 일 아니야? 인간들은 안 그래? 대체 어떤 삶을 사는 거야? 악마보다 더하네."

"아저씨가 악마 같지 않은 거예요."

내 반박에 아저씨는 코웃음을 쳤다.

"참 나, 대체 인간들은 악마를 어떻게 생각하는 거야?"

"인간들 유혹해서 못된 일 저지르게 하고, 못된 놈들 잡아다가 혼내 주는 존재?"

"잠깐만."

아저씨가 왼손 검지를 들어 보이더니 정정했다.

"뒤에는 맞지만 앞에는 틀렸어. 못된 일을 저지르는 건 우리가 시키는 게 아니라 인간들이 스스로 하는 거야. 악마가 악마인 이유는 대가 없이는 선을 행하지 않기 때문이야. 그뿐이라고."

양심에 찔렸다. 나는 자발적으로 선을 행해 본 적이 있나?

오래 고민할 필요도 없었다. 확실히 없었다. 그럼 나도 악마와 다를 바 없다는 거다. 반발심이 들면서도, 반박할 말이 떠오르지 않았다.

투덕거리다 보니 금세 집 근처에 다다랐다. 용추 빌라가 나오기 한 골목 전에서 아저씨를 보냈다. 아저씨를 원수 보듯 보는 할머니한테 아저씨와 노닥거리는 모습을 보일 순 없으니까. 아저씨의 존재는 철저히 비밀에 부쳐야 한다. 할머니에게 숨기는 게 점점 늘어나고 있다. 엄마한테든 친척한테든 제 이야기를 맘껏 터놓는 유나가 다시금 부러워졌다.

집에 들어가기 전에 창 너머로 안을 살폈다. 거실 불이 꺼져 있었다. 고개를 갸웃했다. 할머니는 어딜 말없이 다녀올 사람이 아닌데. 도어 록 비밀번호를 누르고 현관문을 슬그머니 열었다. 안에서 텔레비전 소리가 흘러나왔다. 그제야 긴장을 풀고 잔뜩 구부렸던 허리를 폈다.

거실엔 할머니가 소파를 놔두고 맨바닥에서 손바닥을 베고 새우잠을 자고 있었다. 텔레비전 불빛이 할머니를 시시각각 다른 색깔로 물들였다. 그러게 일찍 좀 자라니깐.

할머니는 내가 몇 시에 잠자리에 들든 그때까지 잠들지 않고, 내가 몇 시에 일어나든 항상 먼저 깨어 있다. 그런 할머니가 걱정돼서 제발 푹 자라고 몇 번 호소해 봤지만, 할머니는 그때마다 나이가 들면 잠이 없다는 말만 되풀이했다.

할머니 옆에 쪼그려 앉아 잠든 모습을 가만히 지켜봤다. 우리 이순자 여사님은 잘 때 이런 모습이구나. 사진을 찍으려고 휴대폰을 꺼내 들었다가 도로 집어넣었다. 카메라 소리에 할머니가 깨기라도 하면 야단을 칠 게 뻔했다. 카메라 앞에서 할머니는 사진을 찍으면 영혼을 뺏긴다고 생각했다는 조선 시대 사람처럼 군다. 그래서 내가 간직하고 있는 할머니 사진은 죄다 몰래 찍은 옆모습 아니면 뒷모습이다.

"할머니, 들어가서 자."

할머니의 귀에 대고 속삭였다. 그러나 할머니는 미동도 없었다. 나는 할머니의 어깨를 손으로 살살 밀면서 다시 깨웠다.

"할머니."

"흐억!"

할머니가 경기를 일으키며 잠에서 깼다. 고개만 살짝 든 상태로 눈을 껌뻑이더니 나를 발견하고는 겁에 질린 얼굴로 물었다.

"누, 누구세요?"

그 모습이 귀여워서 입에 웃음을 머금고 대답했다.

"할머니, 나야."

"응? 누구?"

"아, 할머니 손녀지 누구야. 방에 들어가서 자."

할머니의 팔을 잡아 일으키려 했다. 그런데 할머니가 내 손을 거세게 뿌리쳤다. 낯선 사람을 대하듯 손길이 억셌다. 완강한 태도에 기분이 상해 알아서 하라고 내버려두고 방에 들어갔다.

방문에 기대 입술을 샐쭉 내밀었다. 유나와 유나의 어머니가 서로를 안아 주던 모습이 눈에 선했다. 우리 할머니도 좀 살가우면 좋으련만. 내가 이렇게 뻣뻣하게 자란 건 할머니와 자랐기 때문이란 생각이 들어 조금 억울해졌다.

잠시 후, 텔레비전 소리가 그치고 방문 닫히는 소리가 들렸다. 안방 문은 또 굳게 잠길 모양이다.

그때 본 할머니의 놀란 눈. 그 눈빛에서 이상함을 감지했어야 했는데. 그런 후회를 한 건 조금 나중이다.

8

어제의 서운한 감정이 남아서인지, 거실에 풍기는 구수한 향에 짜증부터 치밀었다. 나를 보고도 어제 일은 새까맣게 잊었다는 듯 구는 할머니의 뻔뻔한 태도도 마음에 들지 않았다. 청국장을 먹으며 어제 일을 기억하느냐고 물으니 돌아오는 나이 타령도 지긋지긋했다. 결국 아침부터 할머니랑 한바탕 푸닥거리를 하고 학교로 향했다.

평소보다 늦게 도착해서인지 교실이 가득 차 있었다. 아이들은 삼삼오오 모여 휴대폰을 들고 저마다의 세상에 빠져 있었다. 내 자리에 앉아 에어팟을 뺐다. 그제야 남자아이들이 습관적으로 뱉는 욕설과 여자아이들의 새된 웃음소리가 들렸다.

"안뮨! 안뮨!"

나를 부르는 소리에 고개를 돌리자 은영이가 머리카락을 휻날리며 나에게 달려오고 있었다. 그 뒤로 예진이와 새하 그리고 김가경까지 졸졸 따라왔다. 나는 어리둥절한 얼굴로 아이들을 기다렸다. 요새 저 애들이 나를 먼저 찾은 적이 없어서 의아했다.

가장 먼저 도착한 은영이가 내 맞은편에 쪼그려 앉았다. 그러고는 책상에 양팔을 올리고 그 위에 얼굴을 얹더니 눈을 반짝였다.

"너, 우리한테 할 말 없어?"

"뭐?"

그 질문에 반사적으로 엎드려 있는 유나에게 시선이 갔다. 이크, 유나네 집에 간 걸 들켰구나! 얼른 속으로 변명거리를 찾기 시작했다.

"아…… 그게……."

내가 말을 더듬자 은영이는 실눈을 뜨고 수상하다는 듯 나를 쳐다봤다.

"요새 우리한테 비밀이 많다?"

"맞아, 재랑도 자주 어울리고."

새하가 마음에 안 든다는 얼굴을 하고는 눈짓으로 유나를 가리켰다. 나는 결정적인 증거가 발견된 용의자처럼 자포자기 상태에 빠졌다. 형량이라도 줄이려면 빨리 자백하는 수밖에 없다.

"맞아, 어제……."

"안뮨, 이거 뭐야. 빨리 해명해."

내 말을 자르며 예진이가 휴대폰을 내밀었다. 따지는 게 아니라 애교를 섞어 가볍게 조르는 말투였다. 어리벙벙한 채로 예진이의 휴대폰을 봤다. 화면에 인스타그램 피드가 떠 있었다. 비비디바비디부에 서 있는 키다리 아저씨의 모습이 담긴. 그제야 본문에 적힌 글이 보였다.

대박! 로이랑 완전 똑같이 생긴 사람 봄.

입술이 바짝바짝 타들어 갔지만 최대한 무표정을 유지한 채 눈으로 댓글을 읽어 나갔다.

↳ 누구랑 왔대?

↳ 웬 중딩이랑. 옆에 서 있음.

↳ 무슨 사이일까?

↳ 몰라. 나이 차이 꽤 나는 듯.

사진을 다시 봤다. 아저씨 옆에 내 얼굴이 삼분의 일 정도 나와 있었다. 일부에 불과했지만 나를 아는 사람이라면 단번에 알아볼 듯했다.

"안뮤! 이 사람 누구야? 완전 잘생겼다."

은영이는 홀딱 반한 듯 몽롱한 표정을 지었다.

"맞다, 예전에 미운이가 로이 닮은 사람 봤다고 하지 않았어?"

기억력 좋은 예진이가 입가에 은은한 미소를 띠고 물었다.

청문회처럼 날아드는 질문을 받아 내며 재빨리 머리를 굴렸다. 그럴싸한 거짓말을 지어내야 한다. 그러면서도 쉽게 검증할 수 없는 것이어야 한다.

"학교 앞 횡단보도에서 우연히 봤거든? 근데 집에 가니까 글쎄, 그 사람이 우리 집 거실에 앉아 있는 거야. 할머니한테 물어보니까 삼촌이래."

거짓말이 막힘없이 술술 나왔다. 내가 이야기를 만들어내는 데 재주가 있는 줄 몰랐다. 하지만 따지고 보면 횡단보도에서 본 거 맞고, 우리 집 거실에 있던 것도 맞지 않은가? 물론 할머니는 삼촌이 아니라 빚쟁이라고 했지만.

"……삼촌이라고?"

김가경이 떨떠름한 표정으로 양미간을 모았다.

사실, 나는 친척 간 호칭에 대해 잘 모른다. 본 적이 없어서 불러 본 적도 없으니까. 어느 정도 가까운 사람까지 삼촌이라고 부르는 거더라?

"그럼 너희 아버지 엄청 미남이시겠다. 사진 있어?"

김가경이 눈을 번뜩였다. 내 말을 믿지 않는 표정이었다.

왜 갑자기 아빠 이야기가 나오는 거지? 책상에 올려 둔 휴대폰을 꾹 쥐었다. 내가 아빠 사진 한 장 가지고 있지 않고, 결국 아빠가 안 계신다는 것까지 애들이 알게 될까 봐 겁이 났다.

"가족사진까지 보여 달라고 하는 건 좀 그렇다."

예진이가 가볍게 타박하자, 김가경이 "아, 그런가?" 하며 바로 발을 뺐다.

"안뮨, 이리로 와 봐."

은영이가 내 팔을 붙잡고 질질 끌었다. 나는 영문도 모른 채 예진이 자리까지 갔다.

"그건 그렇고, 너 요새 왜 김유나랑 어울려 다녀?"

그러면서 걱정스럽다는 표정을 지어 보였다. 그러자 새하가 유나 쪽을 향해 눈짓을 하고는 맘에 안 든다는 투로 말했다.

"재 어썸보이 팬이잖아."

"헐, 어쩌미였어? 어쩔~."

김가경이 빈정거렸다. '어쩌미'는 어써미를 비하하는 말이다. 내가 욕을 먹은 것처럼 속이 상했지만, 나서서 두둔할 수는 없었다.

"도덕 수행 평가 점수가 높잖아. 개 짜증 나. 이번에 성적 잘 받아야 하는데 초딩 박정혁이랑 돼지 여민우까지 데리고 하려니까 죽겠어."

괜히 언성을 높여 화살을 남자애들한테 돌리려고 시도했다. 하지만 새하는 끈질겼다.

"김유나 너한테 말 붙이려고 안달 난 거 같던데. 조심해. 나중에 의자 던질라."

그 말에 애들이 소리 내 웃었다.

"응, 조심할게."

나는 어색하게 웃어 보였다.

그때 선생님이 조회하러 교실에 들어와 비로소 아이들에게서 벗어날 수 있었지만, 지은 죄도 없는데 계속 죄책감이 들었다. 자리에 돌아와 유나를 힐끔댔다. 유나는 턱을 괸 채 눈꺼풀이 반쯤 덮인 눈으로 칠판을 바라보고 있었다. 무슨 생각을 하는지 도저히 읽을 수가 없었다.

1교시 미술 수업 주제는 나만의 로고 디자인하기였다. 유나가 자신의 유튜브 채널 로고를 직접 만든 게 떠올라 로고를 그리다 말고 유나에게 A4 용지를 들이밀었다.

"유나야, 여기에 둥근 선이 나을까, 각진 게 나을까?"

유나가 스케치를 멈추고 내 것을 힐끔 보더니 말했다.

"둥근 게 낫겠네."

"색깔은? 붉은 거랑 노란 거 중에 어떤 거?"

"붉은 거. 근데 있잖아."

유나가 멈췄던 손을 놀리면서 말을 덧붙였다.

"괜히 말 안 걸어도 돼."

"어? 어……."

유나에게 들이댔던 종이를 거두었다. 얼굴이 화끈거렸다. 내가 예진이와 다른 아이들한테 빌붙기 위해 어떤 말을 했는지 유나가 다 알고 있는 것만 같았다. 그래 놓고 죄책감을 지우려 일부러 자신에게 말을 붙이는 속셈까지.

"오해할까 봐 말하는데."

유나가 자기 그림에 시선을 박은 채 말했다.

"나 아무렇지도 않아. 같이 조별 과제할 땐 즐겁잖아."

그 말에 유나의 옆얼굴을 멀뚱히 쳐다봤다. 시선을 느꼈는지 유나가 고개를 들고 나를 바라봤다. 그러고는 한쪽 입꼬리를 올리더니 나를 향해 윙크해 보였다. 결국 나는 속절없이 웃음을 터트리고 말았다.

종례를 마치자마자 교실에서 튀어 나갔다. 정문에서 할머니가 기다리고 있었다. 예진이야 내가 할머니와 사는 걸 알고 있으니 인사를 시켜 주고 싶지만, 올해 새로 사귄 은영이나 특히 입 놀리기 좋아하는 새하에겐 아직 할머니를 보여 주는 게 창피했다.

할머니는 단번에 눈에 띄었다. 새하얀 교복을 입은 학생들 사이에 위아래를 보라색으로 맞춰 입고 당당하게 서 있었다. 요새 매일같이 입는, 꽃무늬가 수놓아진 분홍색 조끼도 함께였다. 조별 과제 때문에 할머니의 존경할 점을 찾고 있긴 하지만, 패션 감각이 좋다는 말은 절대로 쓸 수 없겠단 생각이 들었다.

속도를 내어 할머니한테 다가가 낚아채듯 할머니의 팔짱을 꼈다. 그러고는 뒤도 안 돌아보고 걸으니 끌려오다시피 하던 할머니가 내 팔을 뿌리쳤다.

"아이고, 좀 천천히 걸어라. 누가 쫓아온다냐?"

"아, 배고파. 빨리 가자."

한창 걷고 있는데 할머니가 갑자기 무언가 생각난 듯 물었다.

"유나란 애는 안 만나냐?"

"오늘은 과제 안 해."

"언제 또 만나냐."

"다음 주 월요일쯤?"

내가 말해 놓고 깜짝 놀랐다. 다음 과제 일정은 유나와 아직 얘기하지도 않았다. 그런데 왜 그렇게 말한 거지?

"걔가 인물이 참 좋더만. 친하게 지내라."

이건 또 무슨 소리? 유나의 얼굴을 떠올려 봤다. 둥근 얼굴, 칠흑같이 검은 머리카락과 눈썹, 반쯤 감긴 눈. 그제야 알았다. 〈쇼 미 더 트로트〉의 유력한 우승 후보이자 할머니의 원 픽인 송미연과 닮았다. 대쪽 같은 취향에 헛웃음이 나왔다.

요새 할머니는 트로트에 푹 빠져 산다. 그래서인가, 〈쇼 미 더 트로트〉가 시작한 3월부터는 나의 덕질을 막지 않는다. 오히려 송미연한테 투표해야 한다고 투표 방법을 알려 달라고 부탁하고, 유튜브 영상도 찾아 달라고 한다. 작년까지는 어썸보이 오빠들한테 돈 쓰고, 영상을 찾아보다가 늦잠 자는 나한테 쌍욕을 날렸는데 말이다.

어느새 녹음이 짙어진 플라타너스 가로수길로 접어들었다. 봄의 끝자락을 아쉬워하는 바람이 불어왔다.

바람의 꼬리를 찾으려 두리번거리다가 할머니의 옆얼굴이 문득 눈에 들어왔다. 이제는 눈가의 주름이 분칠로도 가려지지 않았다. 볼에는 거뭇거뭇한 검버섯이 피어 있었다.

우리 할머니도 탱글탱글했을 때가 있었을 것이다. 지금 덕질하는 수준을 보면 아주 생기발랄한 소녀였을 것 같다. 하지만 그 소녀는 이제 매일 돈, 돈, 돈, 돈타령을 하는 잔소리쟁이에 욕쟁이가 됐다. 만약 엄마 아빠가 살아 있어서 손녀인 나까지 3대가 둘러앉아 하하 호호 했다면 할머니도 좀 더 우아하고 품위 있게 늙지 않았을까.

그런 생각이 들자 또다시 할머니에게 존경심이 솟았다. 내가 무엇보다 할머니를 존경하는 첫 번째 이유는 나같이 막돼먹은 손녀도 올바른 길로 이끌려고 한다는 거다. 초등학교 5학년밖에 안 된 손녀가 학교에 가지 않겠다고 발악하면 길에 내다 버리고 싶었을 텐데, 할머니는 그러지 않았다. 오히려 학교에 가는 건 나라와의 약속이라며, 약속은 꼭 지켜야 한다고 나를 달랬다. 그 후로도 할머니가 내게 그 말을 꾸준히 주입한 덕분에, 나는 지금도 약속한 건 지키려고 노력하는 인간이 되었다.

평소보다 이십 분 늦게 집에 도착했다. 할머니는 바로 부엌으로 가서 손을 씻고는 저녁을 준비하기 시작했다. 아직 다섯 시도 안 됐는데 왜 저렇게 부산을 떠나 싶었는데, 내가 배고프다고 뺑을 친 게 기억났다. 할머니의 보라색 엉덩이가 분주하게 움직였다. 나는 실눈을 뜨고 할머니를 주시하면서 고개를 서너 번 갸웃거렸다. 쓰읍…… 아무리 봐도 기억력이 온전한 것 같단 말이지.

저녁밥을 다 먹었는데도 겨우 여섯 시였다. 해가 점점 길어지는지 아직도 밖이 환했다. 〈쇼 미 더 트로트〉 재방송을 보고 있는 할머니의 눈치를 슬금슬금 봤다. 고양이 걸음으로 현관까지 간 다음 태연한 척 말했다.

"할머니, 잠깐 산책 좀 하고 올게."

역시나 할머니는 역정을 냈다.

"네년은 역마살이 꼈냐? 집구석에 가만히 처박혀 있지를 못하고 자꾸 어딜 기어 나가?"

"산책하러 간다니까."

"나가서 또 돈이나 펑펑 쓰겠지. 어이구, 우라질 것."

할머니를 존경하는 이유 두 번째. 절약 정신이 투철하다.

돈 이야기만 나오면 길어지는 신세 한탄을 뒤로하고 집을 나섰다. 종잇장 같은 철문을 뚫고 "큰길로는 나가지 마!" 하고 소리치는 목소리가 들렸다.

골목을 누비다가 인적이 아예 없는 곳에서 발걸음을 멈췄다. 이르게 켜진 가로등 아래에 서서 아저씨를 세 번 불렀다.

"뭔 일이야?"

"일 끝났어요?"

"끝났으니까 왔지."

"이번엔 무슨 계약이었어요?"

"계약 사항은 절대 발설 금지."

아저씨가 입술 가운데에 손가락을 올렸다.

"전 계약한 사람이 누군지도 모르는데 내용은 말해 줘도 괜찮잖아요?"

눈을 모로 뜨고 잠시 고민하던 아저씨가 "그런가?" 하고 혼잣말하더니 말했다.

"어떤 학생이 자기를 괴롭히는 애를 혼내 주고 싶대."

"어떻게 혼내 줘요?"

"지불하는 것이 뭐냐에 따라 다르지."

"그 학생한테 소중한 건 뭐였는데요?"

"처음에는 지폐 몇 장을 내밀더라고. 인간이 만든 종이 따윈 쓸모없는데. 그래서 그랬지. 남은 네 수명의 십분의 일만 걸어도 널 괴롭힌 애의 한쪽 다리 정도는 못쓰게 해 줄 수 있다고."

"수명을요? 설마 목숨까지 깎아 가면서 복수해 달라고 하려고요."

내가 말도 안 된다는 표정을 짓자 아저씨가 어이없다는 듯이 눈썹을 치켜올렸다.

"대신 상대는 평생 고통받을 텐데? 더 많이 걸면 더 비참하게 만들어 줄 수도 있고."

그러고는 씩 웃더니 말을 이었다.

"뭐, 결과는 두고 봐야 알겠지."

아저씨는 어느 때보다도 신이 나 보였다. 이럴 때면 새삼스레 내 앞에 있는 존재가 악마라는 걸 상기하게 된다. 계약자는 수명이 줄고, 피계약자는 신체적 고통을 받게 되는데 그에 대한 죄책감은 전혀 없어 보였다. 뭐, 내 일이 아니니까 신경 쓸 필요는 없지만. 내가 누구한테 괴롭힘을 당하면 그땐 그 사람을 이해하게 되려나, 하는 가벼운 궁금증이 일었다.

"아, 맞다. 딴말하다가 까먹을 뻔했네. 아저씨, 큰일 났어요."

"왜?"

휴대폰을 뒤적여 인스타그램에 뜬 아저씨의 사진을 보여 줬다. 사진을 분석하듯 한참을 보던 아저씨가 말했다.

"잘 나왔네. 이게 왜?"

"아저씨의 존재가 드러나면 안 된다면서요."

"내가 악마라고는 안 했잖아? 어차피 말할 수도 없겠지만."

뻔뻔한 태도에 되레 내가 당황했다.

"일단 친구들한테는 삼촌이라고 둘러댔어요."

"삼촌? 거짓말을 한 거야? 너 그러다 지옥 가."

손을 이마에 갖다 댔다. 속 깊은 곳에서 한숨이 우러나왔다.

"이 사진 때문에 제가 난처해졌다니까요!"

"왜?"

아저씨가 붉은빛이 도는 눈동자를 깜빡였다. 정말 모르는 눈치였다. 이게 다 아저씨가 너무 잘생겨서 그런 거잖아요! 라고 소리칠 수도 없는 노릇이었다.

"아무튼 앞으로 친구 역할은 좀 숨겨 가면서 해야겠어요."

그러자 아저씨가 자못 심각한 표정을 지으며 왼손으로 턱을 쓰다듬더니 물었다.

"……그럼 맛있는 거 안 사 줄 거야?"

"계약자가 돈 내밀었다면서요. 받아 오지 그랬어요."

"아, 그럴 걸 그랬다."

깊은 깨달음을 얻은 듯 아저씨가 작게 탄식했다. 하도 어이가 없어서 헛웃음이 나왔다.

그 후로도 가로등이 만든 주황색 둥그런 원 안에서 나와 아저씨는 쪼그리고 앉아 한참을 대화했다. 대부분 내가 질문하고 아저씨는 답하는 정도였지만.

9

그 후, 똑같은 일상이 반복됐음에도 나는 하루하루가 기다려졌다. 아저씨 덕분이었다. 지난주 이후로 만난 적은 없지만, 언제든 볼 수 있다는 생각에 마음이 든든했다. 아저씨를 떠올리면 수업 중에도 피식피식 웃음이 삐져나왔다. 하굣길엔 몸이 붕 뜨는 느낌을 도저히 참을 수가 없어서 차가 없는 골목길에 들어서면 집까지 뜀박질을 했다.

어썸보이를 안 지 얼마 안 됐을 때와 느낌이 비슷했다. 그땐 학교에 있는 지루한 시간을 오빠들 생각으로 버텼다. 종례를 마치면 쏜살같이 집으로 달려가 교복도 벗지 않고 침대에 누워 오빠들의 무대 영상, 인터뷰 영상, 라이브 방송을 찾아봤다. 혼자 누워도 꽉 차는 싱글 침대였지만, 내겐 거기가 곧 천국이었다.

하지만 그러면 안 됐다. 할머니가 반복해서 하는 말이 몇 가지 있는데, 그중 하나가 "나대지 마라"다. 고급스러운 표현으로는 일희일비하지 말라는 거다. 할머니는 내가 좋은 일로 들떠서 야단법석을 떨어도, 나쁜 일로 울고불고 난리를 쳐도 꼭 "나대지 말라"고 다그쳤다. 그런 거친 말로 내 경거망동한 행동을 다잡으려고 했다.

그동안 할머니의 말을 잊고 살았다. 그러니 이런 일이 생긴 거겠지. 기쁨을 주체하지 못하고 나대다가 벌을 받은 게 분명하다.

월요일 아침, 교실 문을 열자 나에게 쏟아지는 시선이 심상치 않았다. 물어보고 싶은 게 가득한데 대놓고 묻지는 못하는 얼굴, 안 보는 척하면서 계속 힐끔대는 얼굴이 곳곳에 있었다.

아이들의 시선을 뚫고 태연한 척 자리에 앉았다. 조회 시간이 될 때까지 에어팟을 낀 채 괜히 책상 서랍과 사물함만 정리했다.

쉬는 시간에도 기분 나쁜 관심은 계속됐다. 끈적한 눈빛들을 애써 무시하며 예진이에게 갔다. 모여서 속닥대던 아이들이 내가 가자 말을 뚝 끊고 서로에게 시선을 돌렸다.

마침내 은영이가 걱정스럽다는 듯이 물었다.

"미운아, 소문 들었어?"

"무슨 소문?"

"아니지?"

무슨 소리를 하는지 당최 알 수가 없었다. 예진이도 은영이와 똑같은 표정으로 나를 바라보고 있었다.

"뭐가?"

"아, 그게……."

은영이가 우물쭈물했다. 점점 속이 답답해졌다.

"뭔데? 빨리 말해 줘."

"네가 원조 교제 한대."

대답한 건 새하였다.

"……내가?"

나는 기가 차서 물었다.

"인스타에 그렇게 소문이 났어."

"대체 왜?"

"나야 모르지."

"소문이 뭐라고 났는데?"

"웬 아저씨한테 돈 받고 데이트한다고……."

항상 당찬 새하마저도 말끝을 흐렸다.

아저씨와 비비디바비디부에 갔던 날의 동선을 떠올렸다. 분식집에 갔다가, 편의점에 갔다가, 비비디바비디부에 갔다가, 카페에 갔다가…….

쓰읍, 아마 로이가 어떤 여성과 같은 코스를 다녔다면 당연히 데이트한다고 소문이 났을 거다. 아무리 연인이 아니라고 해명한다고 해도 팬인 나조차 믿지 않았을 테고.

그런데…… 나는 그냥 평범한 중학생이잖아!

"너희, 믿는 거 아니지?"

먹구름이 잔뜩 낀 애들의 얼굴을 주욱 둘러보며 물었다.

"……당연하지. 너희 삼촌이라며……."

은영이는 울상을 하고는 기어들어 가는 목소리로 대답했다.

"맞아, 나이 차이 좀 나는 사람이랑 있었다고 다 원조 교제인가, 뭐……. 얘들아, 안 그래?"

새하가 예진이와 김가경을 번갈아 바라보며 동의를 구했다.

"그럼. 말도 안 되는 소문이니까 금방 사라질 거야."

예진이는 따뜻한 눈빛으로 나를 바라봤다. 그 덕분에 김가경의 시큰둥한 표정을 무시할 수 있었다.

수업 종이 울려 자리로 돌아왔다. 제일 좋아하는 과학 수업이 시작됐는데도 머리카락에 껌이 붙은 것처럼 소문이 자꾸 신경 쓰였다. 예진이네가 내 말을 믿어 준 것도 전혀 위로가 되지 않았다. 나를 힐끔대던 눈빛들 때문이었다. 내가 돈을 받고 아저씨와 그렇고 그런 관계를 맺었다고 생각하며 나를 훑은 거라니.

갑자기 꼬리뼈부터 시작된 한기가 등줄기를 타고 목덜미를 덮쳤다. 움찔하며 뒤를 돌아보자 이름만 겨우 아는 여자애와 눈이 마주쳤다.

재빨리 시선을 깔고 고개를 돌렸다. 아니라고, 그 소문은 헛소리라고 해명하고 싶었지만, 도저히 그 눈빛과 맞설 자신이 없었다. 삼 년 전에 비슷한 일을 당했을 때는 부딪혀 봤다. 하지만 부질없었다. 발악할수록 소문은 늪처럼 내 발목을 잡을 뿐이었다.

책상에 엎드렸다. 억울해서 눈물이 날 거 같았다. 하지만 우는 순간 소문이 더 크게 날 게 뻔했다. 속으로 울음을 삼키는 수밖에 없었다.

담임 선생님께 배가 아프다고 말하고 점심을 걸렀다. 식욕이 전혀 없었다. 팔을 베고 책상에 엎드렸다. 잠을 좀 자고 싶었으나 꼬리에 꼬리를 무는 물음표를 멈출 수가 없었다.

누가 그런 소문을 낸 거지? 어디까지 퍼진 거지? 어떻게 해야 잠재울 수 있지? 경찰서에 가야 하나? 가면 범인을 잡아 주나? 잡으면 허위 사실 유포로 처벌이 되나?

끊임없는 생각에 빠져 있는데 누군가가 내 팔을 톡톡 쳤다. 고개를 드니 여민우가 서 있었다. 그 애의 두툼한 배가 책상과 닿을락 말락 했다. 의아해하며 쳐다보자 여민우는 크림빵과 초코우유를 책상에 올려놨다.

"내가 먹으려고 가져온 건데, 너 줄게."

그 말만 하고 뒤뚱뒤뚱 자리로 돌아갔다.

여민우가 주고 간 빵과 우유를 가만히 바라봤다. 저 애마저 내 소문을 알고 있구나. 수치심이 몰려들었다.

그러다 어떤 생각이 아련하게 떠올랐다. 초등학교 2학년 때인가 3학년 때였다. 할머니가 우울해 보여 꼬박꼬박 모은 용돈으로 과자를 한 아름 사서 안긴 적이 있다. 피식 웃음이 났다. 여민우는 덩치는 산만한 데 참 순수하구나, 싶었다.

다음으로 찾아온 건 박정혁이었다. 제 얼굴만 한 축구공을 옆구리에 끼고 같이 축구를 하자고 권했다. 하도 어이가 없어서 짜증도 안 났다. 딱 봐도 위로 같은 건 할 줄도 모르고, 해 본 적도 없는 솜씨였다. 그런데 기분이 나쁘지 않았다.

마지막으로 유나가 찾아왔을 땐 웃음이 터지고 말았다. 자기들끼리 순서를 정해서 내게 말을 걸어 보자고 공모한 모양이었다. 그 조잡함에도 마음이 조금 풀렸다.

"오늘 우리 집에서 과제하자. 박정혁하고 여민우도 된대."

도저히 과제를 할 기분이 아니었다. 내가 우물쭈물하자 유나가 단호하게 말했다.

"그냥 하는 게 나을 거야."

그것도 맞는 말이었다. 가만히 고개를 끄덕였다.

"할머님 기다리시겠다. 같이 댁에 모셔다드릴까?"

"아니야, 정문에서 말하면 돼."

알겠다며 유나가 자리에 앉았다. 나는 창밖에 푸르게 흔들리는 은행나무를 바라보면서 여민우가 준 빵을 우걱우걱 씹었다. 여름이 되어 가는 싱그러운 풍경에 눈이 조금 시렸다.

"야, 완전 대박이라니까!"

높은 목소리와 함께 까르르 하는 웃음소리가 교실의 소음을 뚫고 귀에 꽂혔다. 목소리의 주인은 김가경이었다. 점심을 먹고 왔는지 예진이와 은영이, 새하와 함께 교실 뒷문으로 들어서고 있었다. 김가경은 무슨 이야기를 그리 신나게 하는지 예진이의 자리로 가는 내내 입놀림을 멈추지 않았다.

다시 책상에 엎드렸다. 걔들은 내가 정말 걱정되면 한 번쯤은 찾아와야 하는 거 아닌가. 나를 걱정한다는 듯한 그 눈빛은 다 뭐였는지. 기껏 끌어올린 기운이 와르르 무너졌다.

"안미운! 가자."

종례를 마치고 가방을 싸고 있는데 유나가 나를 불렀다. 그제야 과제를 하러 가기로 한 게 떠올랐다. 불과 세 시간 전에 약속을 해 놓고선 까먹은 것이다. 후회가 밀려왔다. 빨리 집에 가서 침대에 눕고 싶었다. 지금이라도 취소할까 했으나 박정혁과 여민우까지 가세해서 빨리 가자고 조르는 통에 그럴 수가 없었다.

역시 오늘도 어김없이 정문에 할머니가 서 있었다. 오늘은 선홍색 면바지에 커피우유 색 티를 입고 있었다. 분홍색 조끼도 몸에 붙어 있는 것처럼 여전히 함께였다. 나는 대열에서 튀어나와 할머니한테 쪼르르 달려갔다.

"할머니, 오늘 조별 과제가 있거든? 미리 말 못 해서 미안. 우리 조원들 소개할게."

아이들이 할머니를 보고 인사하며 다가왔다.

"유나는 지난번에 봤지? 얘는 박정혁, 얘는 여민우."

애들은 내가 가리킬 때마다 도미노가 쓰러지듯 다시 차례차례 허리를 숙였다. 할머니는 말없이 아이들을 감격한 눈빛으로 훑었다. 손녀가 친구 없이 자랐다고 티를 내는 거야, 뭐야.

"다들 신수가 훤하네. 이거 가지고 가서 저녁 같이 먹어라."

할머니가 조끼 주머니를 뒤적이더니 만 원짜리 몇 장을 나에게 건넸다. 세어 보니 네 장이나 됐다.

"뭘 이렇게 많이 줘?"

할머니에게 소중한 것 1호는 돈이 아니던가. 거금을 선뜻 내민 할머니의 통 큰 인심에 고마움보다 걱정이 앞섰다.

"맛있는 거 먹어야 한다."

할머니가 내 어깨 너머에 있는 조원들을 향해 말했다.

"할머니, 같이 가세요. 안 그래도 저희가 놓고 온 게 있어서 미운이네 들러야 하거든요."

유나가 말했다. 유튜브 영상에서 이야기하던 딱 그 톤으로. 유나네 집은 정반대인데 예의상이라도 그렇게 말해 주는 게 엄청나게 고마웠다.

하지만 할머니의 눈치를 이길 순 없었다. 할머니는 같이 가면 큰일이라도 나는 사람처럼 완강하게 손을 젓고는 빠른 걸음으로 인파에 섞였다. 나는 선홍색 다리가 멀어지는 걸 끝까지 응시하다가, 시야에서 완전히 사라지고 나서야 발걸음을 돌렸다.

피자와 치킨을 배달시켜 놓고 유나네 집 식탁에 둘러앉았다. 막상 회의를 시작하자 의욕이 생겼다. 오늘은 정말로 과제를 마무리 지어야만 하기도 했다.

"먼저 존경하는 사람들의 공통점을 찾자. 그다음에 박정혁이랑 여민우는 발표 연습하고, 유나는 나랑 PPT 내용하고 디자인 상의하자."

웬일로 모두가 순순히 고개를 끄덕였다.

"그럼 말해 봐. 메시, 이순신 장군, 솔, 우리 할머니의 공통점이 뭘까?"

"대단하다."

박정혁의 대답에 짜증 섞인 목소리로 다시 물었다.

"그니까 왜 대단하냐고."

그러자 박정혁이 밤톨 같은 머리카락에 손갈퀴를 넣더니 고뇌하는 표정을 지었다.

"'영향력이 있다'라고 할까? 안미운, 너희 할머니도 너한테 많은 영향을 주실 거 아니야."

유나의 말은 일리가 있었다.

"그럼 '선한 영향력을 끼친다'로 정리하는 거 어때?"

내가 의견을 내자 다들 고개를 끄덕였다.

"민우야, 너는 의견 없어?"

"배고파서 생각이 안 나."

"좀만 참아. 삼십 분 뒤에 배달 온대."

"삼십 분이나 기다려야 돼?"

여민우가 울상을 지었다. 나는 어린 동생 같은 여민우를 다독이며 회의를 이어 나갔다.

"내가 메시랑 솔은 잘 몰라서 묻는 건데, 너희는 그 사람이 왜 좋은 거야? 다른 사람도 많잖아. 축구 선수도 그렇고, 유튜버도 그렇고."

유나가 입을 열려는데 박정혁이 먼저 치고 들어왔다.

"메시는 개 쩔거든. 실력은 넘사벽이고 인성도 좋아."

그러면서 메시가 어린 팬들을 위해 어떤 일을 했는지 늘어놓기 시작했다. 적당히 고개를 끄덕이다가 말을 자르고 유나에게 다시 물었다. 유나는 조금의 머뭇거림도 없이 대답했다.

"솔이 올린 영상에는 인류애가 있어. 우리가 들어 보지도 못한 나라에 가서 거기 사람들하고 어울리고, 도움받고, 도움을 주기도 하는 모습이 가끔은 눈물 나."

"그럼 '인성이 좋다'로 정리할까?"

뭐, 할머니가 자주 성을 내긴 하지만 나 한정이지, 인성이 나쁜 건 아니니까.

드디어 내용이 정리됐다. 이제 PPT를 만들기만 하면 얼추 끝이 날 듯했다. 나는 박정혁과 여민우한테 대본을 달달 외울 때까지 발표 연습을 하라고 지시하고는 이따 나와서 검사할 거라고 엄포를 놓았다. 그러고는 유나와 방으로 들어갔다.

방문을 닫은 유나가 곧바로 휴대폰으로 노래를 틀었다. 그런 다음 혹여나 말이 새어 나갈까 두려워하는 독립투사처럼 나에게 바짝 다가와서 물었다.

"안미운, 너 인스타 아이디 있어?"

"응, 근데 눈팅이랑 DM용이야."

"그래서 잘 모르는 건가. 오늘 소문 돈 거 있잖아. 너 원조 교제 한다고."

유나의 직설적인 말에 흠칫 놀랐지만, 그 덕분에 오히려 툭 까놓고 말할 수 있겠다는 생각이 들었다.

"응, 그 소문이 어디서 난 건지 너도 알아?"

"우리 학교 인스타그램 있잖아. 거기야."

유나가 인스타그램을 켜서 보여 줬다. 예전에 아저씨와 내가 비비디바비디부에서 찍힌 사진이 캡처되어 올라와 있었다. 첫 댓글이 'ㅇㅈ ㄱㅈ 맞음?'이었다. '우연히 찍힌 거 아니냐' '그럴 리가 있냐'는 댓글도 있었지만 '빼박이지'처럼 단정 짓는 말도 있었다. 그뿐이 아니었다. '얘 누군데?' '얘 2반에 no hate 아니야?' 처럼 신상을 묻고 밝히려는 댓글도 있었다.

아무것도 모르는 사람에게는 암호로 보일 만한 대화였지만, 댓글을 쓴 사람들, 즉 소문을 아는 사람들끼리는 완벽하게 의사소통을 하고 있었다. 나조차도 암호문 같은 댓글이 술술 읽혔다. 'ㅇ

ㅈ ㄱㅈ'는 원조 교제의 초성이고, 'no hate'는 내 이름 '안미운'을 영어로 부르는 내 별명이다. 초등학생 때나 따라다니던 별명이 부활해서 내 앞에 나타난 것이다.

내가 없는 인터넷 세상에서 나를 두고 마음대로 조리한 결과물은 기가 막혔다. 기분이 더 참담해졌다.

"…… 다들 이걸 진짜 믿어?"

"믿고 안 믿고는 중요하지 않잖아. 덕질 해 봐서 알잖아."

아, 그렇네. 입맛이 썼다. 연예인의 루머가 돌면 사람들은 추측을 끌어와 사실인 것처럼 댓글을 쓴다. 그것을 합리화할 수 있는 마법의 문장이 있는데, '아니 땐 굴뚝에 연기 나랴'다. 애초에 잘 처신했으면 그런 기사도 안 난다는 거다.

"공식 기자 회견이라도 해야 하나?"

내가 어이없어 하며 웃자, 유나도 따라서 웃었다.

피자와 치킨이 왔다. 우리 넷은 음식을 먹으면서 수다만 왕창 떨었다. 과제야 뭐 어떻게든 되겠지, 하는 심정이었다. 내 소문도 그렇게 대충 사라졌으면 참 좋았으련만.

"내가 너랑 '성인이 금전이나 기타 편의를 제공하는 대가로 미성년자를 성행위의 대상으로 삼는 행위'를 했다고 소문이 났다는 거야?"

아저씨가 휴대폰으로 검색한 원조 교제의 뜻을 또박또박 읽으며 물었다. 어둠을 뚫고 삐져나온 휴대폰 불빛에 비친 아저씨의 얼굴이 하얗게 빛났다.

"난 금전이 없고, 너랑 성행위도 하지 않았잖아. 뭐가 문제야?"

"사실은 중요하지 않아요. 그래서 소문이 무서운 거예요."

초등학교 5학년 때 보희와 싸운 사건의 뒷이야기가 있다. 담임 선생님의 가정 방문 이후, 나는 어쩔 수 없이 학교로 돌아갔다. 거의 일주일 만에 간 교실의 분위기는 이전과 사뭇 달라져 있었다. 아이들이 나를 자꾸 힐끔대는 것 같았다.

알고 보니 누군가가 나에 관한 악의적인 소문을 낸 것이었다. 스토리가 꽤 자세했다. 4학년 때 어느 반에서 도난 사건이 발생했는데 그 범인이 나였단다. 그 이유인즉슨, 내가 할머니랑만 살아서 가난하게 자란 탓에 남의 물건을 탐냈다는 거다.

소문을 낸 범인이 누구인지 대충 알 것 같았지만, 확실한 증거가 없었다. 그래서 그냥 넘어갔더니, 수군거림이 점점 심해졌다. 참다못해 "나 아니라고!" 하고 빽 소리를 지르기도 했다. 하지만 아이들에게는 애초에 무엇이 진실인지는 중요하지 않았던 것 같다. 다들 나를 이상한 애 취급하면서 거리를 둔 걸 보면.

"소문까지 신경을 써야 해?"

아저씨가 인상을 팍 썼다.

"악마들은 신경 안 쓰겠죠. 인간들은 엄청 신경 써요."

"인간들은 참 피곤하게 산단 말이야."

넌더리가 난다는 듯 아저씨가 고개를 절레절레 흔들었다.

"그 소문 낸 사람이 누군데? 혼내 줘?"

오, 내 편을 들어주다니. 말뿐이겠지만 살짝 감동했다.

"소문의 무서운 점은 누가 그랬는지 알 수 없다는 거예요. 그리고 안다 한들 어떻게 혼내 줄 건데요?"

"계약서 쓰면 되지. 소문을 낸 사람을 알려 달라고 한 장 쓰고, 계단에서 구르는 정도로 다치게 해 달라고 또 한 장 쓰고."

손가락 두 개를 편 아저씨의 눈이 반짝였다. 어휴, 그럼 그렇지. 저 악마. 감동한 건 취소다.

"저한테 소중한 걸 걸어야 하잖아요. 전 그게 뭔지 모르는데요?"

"봐 줄까?"

대답도 안 했는데 아저씨가 눈에 힘을 주고 나를 위아래로 훑었다.

"할머니구만?"

"할머니요? 할머니 목숨을 걸라구요?"

아저씨의 멱살을 잡고 마구 흔들 뻔했다. 노인네 목숨까지 탐낸단 말인가! 진짜 악마가 따로 없었다.

"할머니의 목숨은 걸 수 없지만, 할머니에 대한 기억을 걸 수는 있지. 기억은 단가가 좀 싸긴 하다만."

"할머니에 대한 기억을 걸면 어떻게 되는데요?"

"계약한 만큼 할머니와의 기억이 사라지는 거지."

"아저씨가 손해 보는 장사 아니에요?"

어차피 기억이라는 건 휘발되는 거 아닌가? 몇 년 치를 똑 떼어다가 팔까 잠시 고민했다. 하지만 할머니가 알면 엄청난 배신감에 휩싸이겠지. 나는 진짜 불효녀, 아니, 불효 손녀다.

"아니에요, 무슨 계약이야. 이 정도는 이겨 낼 수 있어요."

아저씨가 아쉬운지 입맛을 다셨다.

해가 완전히 넘어가자 가로등의 주황색 불빛이 더 선명하게 느껴졌다. 이제 우리의 만남은 암묵적으로 다음과 같이 때와 장소가 정해졌다. 시간은 날이 어두워진 후, 장소는 용추 빌라에서 두 블록 떨어진 골목의 가로등 아래.

아저씨랑 있으면 시간이 훌쩍 지나간다. 아저씨는 내게 먼저 말을 거는 법이 없고, 내 이야기에 감정적으로 공감해 주지도 않는다. 그런데도 집으로 돌아갈 때면 동네를 두 바퀴 달린 것처럼 몸도 마음도 홀가분하다.

그래서일까, 아저씨와 이야기를 나눌 때까지만 해도 이 시련을 견뎌 낼 수 있을 줄 알았다.

10

내가 간과한 게 있었다. 좋은 일은 귀한 손님처럼 가끔 오고, 안 좋은 일은 빚쟁이처럼 우르르 몰려온다고 할머니가 그랬다. 그런 통찰력은 나이가 들면 저절로 생기는 줄 알았다. 하지만 아니었다. 직접 겪어 보면 알고 싶지 않아도 알게 된다.

소문이 난 지 일주일이 지났다. 나를 힐끔거리는 시선은 교실에서뿐만 아니라 복도에서도 이어졌다. 내가 모르는 애들도 날 보면 입을 가린 채 수군거리면서 지나갔다. 눈빛만 봐도 "쟤가 걔야?"라고 말하고 있다는 걸 알 수 있었다.

그렇지만 먼저 묻지도 않았는데 "나 원조 교제 안 해!" 하고 해명부터 할 수도 없는 노릇이었다. 학생회장 선거 홍보하듯이 '원조 교제 안 함'이라고 쓴 피켓을 들고 다니고 싶을 정도였다.

그래도 이 빚쟁이는 좀 나은 편이었다. 그냥 무시하면 되니까.

하지만 다른 빛쟁이는 내 피를 말렸다. 예진이네 무리였다. 그 애들은 내가 오물이라도 뒤집어 쓴 것처럼 나와 거리를 뒀다. 내가 가까이 가면 벌떡 일어나 시시덕거리면서 자리를 옮겼다. 너무 티가 나서 모르려야 모를 수가 없었다.

그런 모습은 도저히 못 본 체가 안 됐다. 아, 나 저 무리에서 떨궈졌구나, 하고 머리로는 이해됐지만 가슴이 시렸다. 그럼에도 초등학생 때도 겪어 본 일이니 담담하게 헤쳐 나가리라 마음먹었다. 할머니도 어디서든 기죽지 말라고 하지 않았는가.

그러나 굳센 마음가짐과 무관하게 학교생활에는 젠가처럼 자존감을 하나씩 빼먹는 일이 많았다. 밥 먹을 때 복도에서 줄 서는 거, 급식실에 삼삼오오 모여서 밥 먹는 거, 밥을 먹고도 점심시간이 많이 남는 거, 체육 수업에서 자투리 시간을 자유 시간으로 주는 거, 자꾸만 모둠을 짜라고 하는 거…….

등교하는 발걸음이 모래주머니를 찬 것처럼 무거워졌다. 문 앞에서 한숨을 크게 쉬고 교실에 들어가는 게 버릇이 됐다. 교실은 내가 들어가면 잠깐 모든 소리가 멈췄다가, 재생 버튼을 누른 것처럼 다시 활기를 띠었다. 나는 투명 인간처럼 아이들 사이를 조용히 지나쳐서 자리에 앉았다.

유나는 변함없이 "하이" 하면서 손을 들어 보였다. 나는 입 모양으로만 "안녕" 하고 대꾸했다. 그럴 때마다 나 자신이 싫어서 미칠 지경이었다. 유나의 머릿기름이 번번이 눈에 들어오는 나

자신이, 짝에게 의자를 던졌다는 말이 자꾸 떠오르는 나 자신이.

유나한테 기대어 볼까 고민하지 않은 건 아니다. 무엇보다 유나랑 있으면 마음이 편하다. 하지만 아직은, 저기 교실 뒤편에서 가지런한 치아를 드러내며 환하게 웃고 있는 예진이와 친구이고 싶다. 유나에게 붙어 버리면 "쟤 금세 저기 붙었네" 하고 김가경이 키득대겠지. 그러면 나는 예진이네 무리에 돌아갈 수 있는 길을 영영 잃는 거다.

박정혁과 여민우도 종종 와서 말을 걸었다. 인간관계의 미묘한 틀어짐 따위는 모르는 철부지들과 이야기하다 보면 잠깐이나마 시름을 잊을 수 있었다. 하지만 자꾸 어디선가 "남자한테 꼬리 치는 거 봐"라든지 "본색 나온다"라고 비꼬는 환청이 들리는 것 같았다. 뭐, 환청이 아닐 수도 있고.

또 일주일이 지났다. 누군가가 내 팔에 바늘을 꽂고 조금씩 피를 뽑아 가는 것처럼 기운이 없었다. 내 마음은 미끄럼틀을 타고 계속 깊은 구렁텅이로 빠지고 있는데, 반 아이들은 짧아진 교복 소매만큼이나 가뿐해 보였다. 인생에서 고민이라고는 이르게 찾아온 더위뿐인 듯했다.

"야, 너 죽인다!"

운동장에서 누군가가 외치는 소리가 창문을 뚫고 들려왔다. 이어서 들리는 깔깔대며 내지르는 해맑은 비명. 아저씨가 말한 지옥이 바로 이건가? 웃음소리 가득한 학교가 나에겐 불구덩이와 다르지 않았다.

"안미운."

창밖에 고정했던 시선을 떼고 고개를 돌렸다. 코앞에 유나가 서 있었다.

"우리 이제는 진짜 과제해야 해."

"아, 그래?"

퉁명스럽게 대답하고는 손바닥에 턱을 괬다. 원래대로라면 지난주에 해야 했다. 사실 유나가 말하지 않았으면 모르고 지나갔을 거다. 아무래도 상관없었다. 될 대로 되라지. 과제고 성적이고, 그런 게 중요한가? 다 부질없고 귀찮았다.

"오늘 하자."

유나가 단호하게 말했다. 그러나 썩 내키지 않았다. 너희끼리 하라는 말이 입안에서 맴돌았다. 내 이름은 빼도 된다는 말도 그 뒤에 줄을 서고 있었다.

"네가 조장이잖아. 책임져야지."

유나의 눈꼬리가 올라갔다. 화난 건가? 왜, 의자라도 던지게? 마음이 자꾸 뾰족해졌다.

고심 끝에 유나네 집에 가기로 약속했다. 빨리 집에 가서 틀어박히고 싶었지만, 동시에 저 애들과 함께 있으면 기분이 좀 나아질 거란 기대감도 들었다.

요즘 내 감정이 그랬다. 우왕좌왕, 설왕설래, 옥신각신. 내가 뭘 잘못했다고 나를 따돌리는지 예진이네한테 화가 났다가, 내 잘못이 뭔지 분주히 찾아 대기도 했다. 유서에 이름을 적은 다음에 콱 죽어서 복수할까 싶다가도 고작 걔네 때문에 이 나이에 죽는다고 생각하면 분통이 터졌다. 저녁엔 혼자서도 잘 살 수 있다는 자신감이 생겼다가 다시 아침이 되면 먼지보다 쓸모없는 사람이 된 것 같았다.

점심시간, 점심을 거른 채 담임 선생님께 찾아갔다. 휴대폰을 받아서 복도로 나와 할머니한테 전화를 걸었다.

"할머니."

"말씀하세요."

"할머니, 나 미운이야."

"엉? 누구요?"

"미운이라고. 할머니 손녀."

귀에서 휴대폰을 떼고 작게 한숨을 쉬었다. 요즘 눈이 침침하다더니 이제는 귀까지 말썽인 모양이다. 목소리를 조금 높이고 다시 또박또박 말했다.

"나. 미. 운. 이. 라. 고."

끼이익. 방문이 열리는 소리가 들리더니 그제야 할머니가 대답을 했다.

"어! 미운이! 왜?"

"나 오늘 늦어."

말이 끝나기도 전에 할머니가 소리쳤다.

"왜? 집에 와서 밥 먹으라니까!"

"아, 친구들이랑 알아서 먹을게."

내 목소리에 짜증이 배기 시작했다.

"이년아! 몸에도 안 좋은 거 사 먹고 또 돈만 축내려고!"

"그놈의 돈! 돈이 그렇게 좋아?"

서러운 마음에 악을 질렀다. 복도에 울린 목소리가 내 귀로 돌아왔다. 몇몇 애들이 나를 힐끔대며 지나갔다. 하지만 한번 시작된 원망은 멈출 줄 몰랐다.

"내가 죽어도 할머니는 돈, 돈 할 거지? 장례식 치르려면 돈 드는데 왜 죽었냐고 할 거지? 응?"

휴대폰을 손에 쥔 채 주저앉았다. 눈물이 볼을 타고 흘렀다. 손등으로 눈물을 훔치면서 울음을 삼켰다. 복도가 아니었다면 팔에 얼굴을 파묻고 엉엉 울었을 것이다. 나는 그 와중에도 복도에서 울었다는 소문이 예진이네한테 들어갈 걱정을 하고 있었다. 내가 말로 심장을 찌른 할머니가 아니라.

못된 손녀는 정문에 할머니가 와 있지 않은 걸 보고 안도했다. 할머니가 무슨 옷을 입고 왔나 마음 졸이고, 친구들이 할머니를 흉볼까 긴장하며 생기는 자잘한 스트레스를 이미 무거운 어깨에 더 올릴 힘이 없었다. 조금은 다행이라 생각하며 애들과 유나네 집으로 향했다.

거실에 들어서자마자 유나가 남자애들을 불러 세웠다.

"박정혁, 너는 발표 연습 더 해. 평소엔 잘 까불면서 발표할 땐 딱딱하게 굳잖아. 여민우, 너는 발표 내용 좀 보강해. 이순신 장군에 대해서 뻔히 아는 내용만 써 놨잖아. 조사를 더 하든가, 네 생각을 추가하든가 해."

그러곤 홱 돌아서더니 나를 바라봤다.

"넌 나 따라와."

단호한 말투에 아무 대꾸도 못 하고 유나의 방으로 따라 들어갔다. 유나는 컴퓨터 책상 앞에 놓인 의자에 앉더니 의자 몸체를 빙그르르 돌려 나를 향했다. 그런 다음 앉으라는 듯 침대를 손으로 톡톡 쳤다. 나는 병원에 진료를 보러 온 환자처럼 침대 끝에 걸터앉았다.

"나 물어볼 게 있어."

유나가 말했다.

"……뭐?"

올곧게 나를 바라보는 유나의 시선을 피했다. 요즘 엉망인 내 인간관계, 아니면 망가진 정신 상태에 관해 물을 게 뻔했으니까. 아무것도 말하고 싶지 않았다.

"로이 삼촌이랑 어떻게 됐어? 궁금해 미치겠어."

로이 삼촌? 물음표와 동시에 아저씨의 얼굴이 머릿속에 떠올랐다. 순간 웃음이 빵 터졌다. 하나도 궁금하지 않은 얼굴로 그렇게 묻다니. 김유나, 반칙이다.

아저씨라. 소문이 나고 두어 번은 부르자마자 가 봐야 한다며 금방 사라졌다. 요새 부쩍 소원을 비는 사람이 많아졌단다. 멘털이 무너진 상태라 그런지 이젠 내가 귀찮구나, 하는 서운함만 들었다.

특히 저번 주말에는 아저씨가 절실하게 보고 싶었다. 하지만 꾹 참았다. 부르면 목숨이든 기억이든 툭 잘라서 건네고 계약을 해 버릴 것 같았다. 그날의 기분에 따라 예진과 다시 베프가 되게 해 달라고 빌 수도 있었고, 나를 힐끔대는 이들의 눈알을 파 달라고 할 수도 있었다.

"어떻게 됐냐고. 제발 말해 줘."

유나가 금방이라도 울 것 같은 표정을 지어냈다. 나는 속절없이 웃고 말았다. 다음에 말해 주겠다고 하니까 유나는 아쉽다는 듯 쩝 소리를 냈다.

"그럼 내가 이야기할게. 네 소문에 관한 이야기인데 해도 돼? 알고 싶지 않으면 말 안 할게."

귀가 번쩍 뜨였다. 분명 좀 전까지 내 소문에 관해서는 일언반구도 하고 싶지 않았고, 듣고 싶지도 않았다. 그런데 지금은 거품처럼 뭉게뭉게 피어오르는 궁금증으로 머릿속이 가득 차 있었다. 대체 무슨 내용이지? 뭘까? 뭐지? 듣지 않고는 오늘 밤 잠을 못

이룰 것 같았다. 심호흡을 한 번 하고 결연하게 말했다.

"말해 줘."

"너 원조 교제 했다는 소문이 어디서 시작된 줄 알아?"

원조 교제라는 단어에 순간 움찔했다. 최대한 동요하지 않은 척하며 모른다고 고개를 저었다.

"우리 학교 페이스북이야. 호강 중학교 대나무 숲. 거긴 익명으로 글을 올릴 수 있거든. 인스타그램에 올라온 로이 삼촌이랑 네가 화장품 가게에 있는 걸 찍은 사진을 누군가가 페이스북으로 옮기고, 내용에는 우리 학교 학생이 원조 교제 하는 모습이라고 적은 거지."

그렇게 말한 유나가 내 쪽으로 몸을 기울였다.

"근데 사건이 터진 거야."

유튜버 아니랄까 봐 유나는 화려한 언변으로 점점 나를 빨아들였다.

"대나무 숲 운영자가 그 화면을 캡처해서 다시 인스타그램으로 옮겼어. 우리 학교에 이런 이야기가 돌고 있다면서. 하지만 며칠 뒤, 그 게시 글은 삭제됐어. 왜인 줄 알아?"

"왜?"

마치 남의 이야기를 듣는 것처럼 물었다.

"대나무 숲 운영자는 익명 작성자의 아이디를 볼 수 있거든? 실수로 그 아이디가 떠 있는 화면을 올려 버린 거야."

소문이 난 후 인스타그램 앱을 아예 삭제해서 그런 일이 있었는지 몰랐다.

"그런데 그 게시 글은 삭제됐다며?"

내 목소리에 가시가 돋쳐 있었다. 그 게시 글이 없다면 증거가 없는 거고, 이 대화를 하는 의미도 없으니 말이다.

유나는 한쪽 입꼬리를 씩 올리더니 휴대폰 화면을 위아래로 움직였다. 나는 시험 날 앞에서 넘어오는 시험지를 기다리는 심정으로 유나의 분주한 손놀림을 지켜봤다.

삼십 초쯤 지났을까. 찾던 걸 발견했는지 유나가 내게 휴대폰을 건넸다.

"자."

휴대폰 화면엔 이전에 본 꼴도 보기 싫은 사진이 떠 있었다. 아저씨와 삼분의 일만 나온 나.

"이게 뭐?"

싸늘하게 물었다. 내 상처를 후비고 싶은 건지, 놀리고 싶은 건지. 의중을 알 수가 없었다.

"'실버 제로'가 뭐게?"

"은, 영?"

유나가 고개를 끄덕이고는 턱끝으로 내 손에 있는 자기 휴대폰을 가리켰다.

"그거 그때 올라온 게시물 캡처한 거야. 작성자 아이디 봐 봐."

silver_zero^00^~

은영이였다. 캡처 화면인 것도 잊고 은영이의 아이디를 몇 번이고 터치했다. 은영이라니. 그럴 리가. 은영이는 내 일에 가장 안타까워하고, 내 연락에 가장 먼저 답장하고, 내 이야기를 가장 성의껏 들어 주었는데.

내 모습을 지켜보던 유나가 등받이에 등을 깊숙이 기대고는 말했다.

"최은영이 그 글을 왜 올렸겠어? 걘 그런 애야. 공동의 씹을 대상을 만들어서 관계를 공고히 하려는 부류. 가장 약해 보였던 네가 그 대상이 된 거지. 안 그랬으면 권새하나 김가경이었을지도. 근데 최은영은 금방 그 무리에서 버려지게 될 거야. 그런 애들의 특징은 이간질하다가 본인이 당한다는 거거든."

"넌 어떻게 그렇게 잘 알아?"

"태풍의 방향은 휩쓸리는 사람보다 옆에서 지켜보는 사람이 잘 아는 법이지."

그렇게 말하며 유나가 내 어깨에 손을 올렸다.

"그러니 어쩌미 동무, 절대 네 잘못이 아니야."

유나의 집에서 나왔을 땐 돌덩이 같던 마음이 한결 가벼웠다. 유나와 이야기하면서 속이 좀 풀렸다. 유나가 특유의 직설 화법으로 은영이를 저주할 땐 묘한 카타르시스도 느꼈다. 더 당하기 전에 은영이의 만행을 알게 되어 다행이라고 생각했다.

하지만 철저히 혼자가 된 밤, 침대에 눕자 상황이 변했다. 심장이 미칠 듯이 쿵쿵 뛰었다. 시끄러워서 잠들 수가 없을 정도였다. 손목에 두 손가락을 대고 맥박을 쟀다. 비정상적으로 빨리 뛰는 것 같아 스마트워치를 차고 박동 수를 재 봤다. 정상이었다. 몇 번을 해 봐도.

새벽에는 심장을 움켜쥐는 듯한 통증이 나를 괴롭혔다. 호흡이 버거워서 몇 번씩 끊어서 숨을 쉬었다. 천장을 바라보고 누워 심호흡을 해도 전혀 나아지질 않았다. 고통에 몸부림치다가 까무룩 잠이 들었다.

다섯 시 반, 눈이 번쩍 떠졌다. 어제의 기억이 이어지면서 자연스럽게 은영이가 떠올랐다. 원조 교제 소문 때문에 당황한 나를 안타까워하던 그 애가 대체 왜 그랬지? 어떻게 그럴 수가 있지? 어쩜 그렇게 뻔뻔하지? 천장에 대고 질문의 화살을 푹푹 찔러 넣었다.

샤워하면서도 은영이 생각을 했다. 마주치면 어떤 표정을 지어야 하지? 은영이가 벌인 짓을 어떻게 폭로할까? 유나가 보여 준 사진을 들고 담임 선생님한테 갈까? 경찰서에 신고가 되나?

더 지독한 방법을 떠올릴수록 꽉 막힌 가슴이 뚫리는 기분이 들었다. 그제야 나를 괴롭히던 존재의 정체를 깨달았다. 분노다.

거실에 나와 밥을 먹으면서도 은영이를 생각했다. 어떻게 엿을 먹여야 하지? 복도로 불러서 사과하라고 할까? 아니면 교실 안에서 큰 소리로 호박씨 깐 걸 터트릴까? 아니면 나도 익명으로 대나무 숲에다가 글을 올릴까?

"미운아, 뭔 일 있냐?"

"없어. 왜."

예진이한테 고민 상담하는 척 귀띔해 볼까? 아니야, 그러다가 말이 들어가면…….

"아니, 뭐, 그냥…… 요즘 밖에도 안 나가고, 잠도 제대로 못 자는 거 같고 그래서……."

"아무 일 없어."

은영이의 민낯을 보면 다른 애들은 내 편이 되어 줄까? 김가경은 아니더라도, 새하는 내 편을 들어주지 않을까?

"할머니가 도와줄 일 없을까?"

그 말에 처음으로 할머니의 얼굴을 쳐다봤다.

"뭘 도와줘? 할머니가 나한테 도움 준 적이 있긴 해?"

자리에서 벌떡 일어섰다. 아니야, 미운아, 거기 아니야. 번지수가 틀렸다는 걸 알면서도, 결국 분노를 할머니한테 와르르 쏟아 버렸다.

"나 초등학교 5학년 때 학교 가기 싫다고 울고불고했는데 안 가면 다리 분지른다면서 억지로 보낸 거 할머니 아니야? 6학년 땐 오지 말래도 학교 앞에 꾸역꾸역 와서 그랜마걸이라고 놀림 받게 한 거 할머니 아니야? 중학교 입학식 때 옷 차려입고 오라고 했는데 위아래로 겨자색 옷 입고 와서 창피하게 한 거 할머니 아니냐고!"

내 목소리가 점점 악에 받친 울음에 가까워졌다. 당시에는 그렇게까지 서럽지 않았던 것 같은데, 말을 뱉을수록 내가 아주 비참한 어린 시절을 보낸 것 같아 울분을 참을 수가 없었다.

벌어진 입을 다물지 못하는 할머니를 등 뒤에 세워 놓고 학교로 향했다. 나의 분노는 나를 태우고 할머니까지 삼켜 버렸다.

교실에 들어서자마자 은영이를 찾았다. 은영이는 쉬지 않고 입을 놀리면서 김가경을 향해 정말 안됐다는 듯이 미간을 모으고 있었다. 김가경의 말에 공감하는 척하는 거겠지.

김가경, 속지 마라. 저거 다 가식이다. 다음번에 떨어져 나갈 사람은 너일 수도 있어.

"하이."

"응, 안녕."

눈에 힘을 주고 유나의 인사를 받았다. 유나는 이제 내 전우다. 그렇게 생각하니 마음이 좀 누그러졌다. 그래서 어젯밤부터 오늘 아침까지 마련한 복수 방법 중 그나마 온건한 방법을 사용하기로 결심했다.

조회가 끝나자마자 본관 뒤편에 있는 분리수거장으로 은영이를 조용히 불렀다. 잠시 후, 은영이는 길 잃은 공주처럼 순진무구한 얼굴로 주위를 두리번거리며 나타났다. 뻔뻔하기는. 속으로 코웃음을 치며 짐짓 여유로운 표정을 지었다.

하지만 은영이가 다가올수록 심장이 뜀박질하는 것처럼 쿵쾅거렸다. 피가 너무 빨리 돌아 귀가 윙윙거릴 정도였다. 은영이는 무슨 일로 불렀냐고 물으며 내 앞에 섰다. 나는 주변에 아무도 없는 걸 확인하고 몇 번이나 연습한 대사를 내뱉었다.

"네가 내 소문 낸 거 알아."

목소리가 덜덜 떨렸다. 내게도 아주 어색하게 들릴 정도였다.

은영이는 이런 말이 나올 줄 전혀 예상하지 못했는지 눈을 번쩍 뜨더니 눈동자를 빙빙 굴렸다.

"일부러 그런 건 아니야."

뭐? 일부러 그런 게 아니면? 네가 기르는 고양이가 실수로 글을 올렸니?

한껏 빈정대고 싶었지만 정작 아무런 대꾸도 못 하고 은영이의 얼굴만 쏘아봤다. 눈 끝이 덜덜 떨렸다.

"너인 줄 몰랐어. 장난삼아 올린 건데 그렇게 많이 퍼질 거라고는 생각 못 했어."

아무리 반토막 난 얼굴이라도 은영이가 나를 못 알아봤을 리가 없다. 애써 삭인 분노가 되살아났다. 목소리가 떨리는지, 아닌지 신경 쓸 새도 없이 버럭 소리를 질렀다.

"그냥 솔직하게 말하면 됐잖아! 왜 아닌 척했어? 왜 나한테 거짓말한 건데?"

울컥했으나 눈에 힘을 꾹 주어 참았다. 뿌연 시야에 은영의 표정이 점차 굳어지는 게 보였다.

"나만 거짓말한 거 아니잖아."

은영이가 차가운 눈빛으로 나를 노려봤다.

"뭐?"

"너, 원더소년즈 팬 아니잖아."

그렁그렁 맺혔던 눈물이 쏙 들어갔다.

"애들도 다 알아. 너 어썸보이 팬인 거."

"그…… 그걸 어떻게 알았어?"

"그걸 누가 몰라? 진짜로 좋아하는 눈빛이 아니잖아!"

어느새 역할이 바뀌었다. 소리치는 쪽은 은영이였다.

"네가 우리랑 멀어진 건 내가 소문을 내서만은 아니야. 웬디인 척한 거, 경고했는데도 김유나랑 어울린 거, 그 사진 찍힌 아저씨랑 무슨 사이인지 솔직히 말 안 해 주는 거까지, 그냥 넌 신뢰를 잃은 거야!"

은영이는 벙찐 나를 향해 마지막 한마디를 던지고 사라졌다.

"그러니까 퉁쳐!"

오전 내내 은영이의 표정이 굳어 있었다. 무슨 생각을 하는지 읽을 수는 없었지만, 심적으로 괴로운 건 확실해 보였다. 통쾌했다. 어찌 됐든 한 방 먹인 셈이니까.

하지만 점심시간을 기점으로 은영이의 얼굴은 확연히 밝아졌다. 5교시가 시작되기 전에는 다시 애들과 까르르 수다를 떨었다. 예진이도, 새하도 이전과 다름없이 은영이를 대했다. 은영이가 한 짓을 알면 애들 사이에 균열이 생길 거라 기대했는데, 헛된 바람이었다. 넷은 오히려 예전보다 더 딱 붙어서 한 몸처럼 움직였다.

점심시간에 은영이가 다른 애들한테 무슨 이야기를 한 게 분명했다. 어떤 이야기가 오고 갔는지 악마와 계약을 해서라도 알아내고 싶었다. 은영이의 일거수일투족을 몰래 살피느라 눈알이 눈양 끝에 붙어서 앞으로 돌아오지 않을 지경이었다. 쟤네는 내 생각 따윈 궁금하지 않을 텐데 말이다.

모든 게 후회됐다. 은영이를 따로 부른 것도, 다 알고 있다고 기어코 말을 내뱉은 것도. 그냥 졸업 때까지 참을걸. 이젠 정말 돌이킬 수 없게 됐다. 애초에 불리한 싸움이었다. 여전히 나는 혼자고, 저 넷은 하나의 공동체다. 예진이를 포함해서. 그러니 아무리 무거운 것도 서로 나눠 들면 얼마든지 가벼워질 것이다.

나는 이제 은영이뿐만 아니라 예진이, 새하, 김가경까지 신경 써야 했다. 내가 분리수거장에서 한 말을 은영이가 전했을 때, 예진이는 어떤 표정을 지었을까? 새하는 어떤 말투로 대꾸했을까?

김가경은 무슨 말을 했을까……? 그런 생각을 할수록 패배할 게 뻔한 전쟁터에 남은 병사처럼 고독해졌다.

"안미운!"

나를 부르는 소리에 화들짝 놀라 정신을 차렸다. 수학 선생님이 늘 지니고 다니는 50센티미터 자로 교탁 옆을 탁탁 쳤다.

"눈에서 레이저 나가겠다. 정신 차리고 여기 봐."

선생님이 수업을 이어나가려는 순간, 말소리가 들렸다. 혼잣말처럼 내뱉었으나 교실 전체에 똑똑히 들렸다.

"이름 따라간다더니 미운 짓만 골라 하네."

곳곳에서 웃음이 터져 나왔다. 선생님이 짐짓 혼내는 시늉을 했다.

"권새하, 방금 뭐라고 했어!"

새하가 금세 목소리 톤을 바꾸어 예의 바르게 답했다.

"선생니임, 어제 유튜브에서 본 거 생각나서 혼잣말했어요. 죄송합니다아."

뒤를 이어 김가경이 가세했다.

"헤, 헤, 헤, 헤이츄(Hate you)! 헤이츄! 아, 기침. 쌤, 죄송합니다. 감기에 걸려서요."

기침하는 척 내 이름을 가지고 놀리는 건 초등학생 때부터 있었던 일이다. 그런 방식으로는 내게 생채기 하나 낼 수 없다. 하지만 얼마 전까지 친구랍시고 꼭 붙어 있었던 애들이 정면으로 쏘아 대는 폭격은 나를 피투성이로 만들었다.

"어디서 개가 짖나."

유나였다. 순식간에 교실 분위기가 싸해졌으나, 정작 유나는 따분하단 표정으로 귀를 후비적댔다.

"야! 너희 뭐 하는 거야! 다시 여기 봐."

선생님이 이번에는 자로 칠판을 강하게 내리쳤다. 침묵 속에서 선생님이 수업하는 소리만 공허하게 울렸다.

정문을 지나쳐 신호를 건너고 나서야 할머니가 나와 있지 않다는 걸 알았다. 아침에 할머니한테 일방적으로 던진 말 뭉텅이가 부메랑처럼 되돌아와 내 마음을 쓰리게 했다.

안미운, 지금까지 피해자인 척 다 해 놓고 왜 할머니한테는 맨날 가해자냐?

자책해 봤지만 미안함은 가시지 않았다.

현관문을 열자 불 꺼진 거실이 나를 반겼다. 할머니는 어디에도 보이지 않았다. 불안감에 가슴이 뛰기 시작했다. 충격을 받고 쓰러져서 병원에 실려 간 건 아닌지, 이제 내가 보기 싫어서 집을 나간 건 아닌지 따위의 망상을 하며 안방으로 향했다. 나는 내가 내뱉은 말의 살상력을 충분히 잘 알고 있었으니까.

안방 문고리를 돌려 봤지만 잠겨 있었다. 두 번 노크하자 안에서 바스락 소리가 들렸다. 그러고 나서 삼십 초는 족히 넘는 시간

동안 아무 소리도 없다가, 불쑥 할머니의 목소리가 들렸다.

"미운이냐?"

그제야 안심이 됐다.

"어, 할머니, 나 왔어!"

톤을 최대한으로 높여 말했다. 아무 일도 없었던 것처럼 굴어서 지은 죄를 무마하고 싶었다.

"밥은? 저녁 먹어야지."

"응, 차려 줘. 배고프다."

하나도 고프지 않았지만 거짓말을 하고 방으로 들어갔다.

책상에 가방을 올려놓고 클리어 파일을 꺼냈다. 그간 했던 조별 과제를 정리한 것이었다. 끔찍하게도, 내일이 발표 날이다.

입이 바싹 마르도록 반복해서 발표 연습을 했다. 눈을 감으면 대본이 선명하게 떠올랐다. 이 발표는 성적을 위한 게 아니었다. 도덕 선생님을 위한 것도 아니었다. 예진이와 최은영과 권새하와 김가경을 위한 것이었다.

[얘들아, 연습하고 있어?]

단톡방에 메시지를 보내자 박정혁이 가장 먼저 답했다.

[나 겜 중.]

뭐? 지금 게임할 때야? 발표를 흠잡을 데 없이 완벽하게 마쳐서 예진이네 조의 코를 눌러줘야 했다. 전화로 닦달할까 하다가 겨우 참고 답장을 보냈다.

[미쳤어? 빨리 끄고 발표 연습해. 민우는 뭐 해? 왜 답장 안 해?]

[나 밥 먹고 있어.]

[언제까지 먹을 건데?]

[이제 막 피자 시켰어.]

[또 혼자 한 판 다 먹지 말고 적당히 먹고 연습 시작해.]

아랫입술을 잘근잘근 씹으며 휴대폰 화면을 노려봤다. 유나는 또 뭐 하고 있는 거야? 팍 짜증이 났다. 전화를 걸려고 연락처를 검색하는데 유나가 답장을 보내왔다.

[너무 잘하려고 하면 오히려 독이 될 수 있어. 우리 충분히 연습했으니까 마음 편하게 먹자.]

뭐? 마음 편하게 먹자고? 밤새워 연습해도 모자랄 판에 속 편한 소리 하고 있네. 하나같이 마음에 들지 않았다. 나만 좋자고 이러는 것도 아닌데 왜 다들 안 따라 주는지 이해가 안 됐다.

유나의 톡에 답장도 하지 않은 채 휴대폰을 침대에 던져 버렸다. 다시 대본을 집어 들었지만 속이 부글부글 끓었다. 그때, 할머니가 방문을 노크했다.

"미운아, 문 앞에 저녁 놓고 갈 테니까 먹으면서 해라."

"할머니, 고마워!"

명랑한 목소리를 꾸며 문 너머로 외쳤다. 사실 할머니 얼굴을 마주할 낯이 없었다. 나는 은영이에게는 솔직하게 말하라고 해 놓고, 정작 스스로는 그러지 못하는 쪼다였다.

발표 연습을 모두 마치니 밤 열 시였다. 불투명한 유리창에 달이 희뿌옇게 비쳤다. 창문을 열고 동요 가사처럼 쟁반같이 둥근 달을 올려다봤다. 한 치도 비뚤어지지 않은 달을 보자 문득 아저씨가 보고 싶어졌다.

반소매와 반바지 차림 그대로 거실로 나갔다. 누워서 〈쇼 미 더 트로트〉 재방송을 보던 할머니가 뭐라도 말할 것처럼 상체를 세웠다. 말소리가 들리기 전에 얼른 현관문을 박차고 나왔다.

마구 달려 단숨에 두 골목을 지나쳤다. 아저씨와 쪼그려 앉아 대화를 나누던 가로등 앞에 도착했다. 가로등이 동그랗게 만들어 놓은 주황색 무대에 서서 연극배우처럼 숨을 골랐다. 떨리는 마음으로 "아저씨, 아저씨, 아저씨!" 하고 불렀다. 두 번, 세 번 더 불러 봤지만 아저씨는 결국 나타나지 않았다.

너, 인생이 아주 절박해 본 적이 없구나?

아저씨가 했던 말이 환청처럼 귓가에 울렸다. 내가 "계약자가 많아요?"라고 물었던가? 작게 실소가 터져 나왔다. 그땐 세상 물정을 참 몰랐구나, 안미운.

악마님, 여기 절박한 사람 한 명 더 있어요. 그러니 어서 나타나 주세요.

밝고 둥근 달을 향해 그렇게 빌었다.

11

우리 조의 발표는 생각보다 더 순조로웠다. 그래서 자만했던 게 문제였나 보다. 매사에 나대지 말라던 할머니의 가르침을 새겨들었어야 했다.

까불이 박정혁은 사뭇 진지한 모습으로 메시를 찬양했다. 얼굴이 새빨개진 여민우도 목소리는 조금 작았지만 막힘없이 이순신 장군님을 존경하는 이유를 발표했다. 유나는 숨겨 왔던 언변으로 반 아이들을 깜짝 놀라게 만들었다.

애들이 발표를 잘 끝마칠 때마다 어깨에 힘이 들어갔다. 고개를 빳빳이 들고 예진이네 모둠을 곁눈질했다. 어때, 잘 봤지? 너희가 무시한 우리 조가 이 정도야. 하지만 예진이네는 완벽한 무관심으로 일관하기로 했는지 다들 딴청이었다.

나도 말이 술술 나왔다. 입술이 부르터라 연습한 보람이 있었다. 마지막으로 유나가 만든 수준 높은 PPT를 띄우고 존경하는 인물의 공통점까지 잘 발표했다. 그때까지도 예진이네 모둠은 별다른 반응이 없었다.

"혹시 미운이네 조에 질문이 있나요?"

도덕 선생님이 아이들에게 물었다. 지금까지 발표한 조에게 누군가가 질문을 한 적은 없었다. 선생님도 형식적으로 묻는 것 같았다.

하지만 나는 분명히 봤다. 김가경과 권새하가 서로 눈빛을 주고받더니 입꼬리를 올리는 모습을. 불길한 일이 일어날 징조였다.

아니나 다를까, 김가경이 오른손을 위로 쭉 뻗었다. 선생님이 고개를 끄덕였다. 김가경은 자리에서 일어나더니 셔츠 자락을 가다듬고는 물었다.

"안미운 양은 존경하는 인물이 왜 엄마나 아빠가 아니고 할머니인가요?"

질문에 답하려면 부모님이 안 계신 걸 밝혀야 했다. 죽어도 그러고 싶진 않았다.

"어릴 때 할머니가 주로 저를 키워 주셨기 때문에……."

내 말이 끝나기도 전에 김가경이 말끝을 확 가로챘다.

"커서는 엄마가 키워 주시고 있지 않나요?"

"혹시 안 계신 건 아닌가요? 요새는 부끄러운 일이 아닙니다."

권새하가 거들었다.

입술이 덜덜 떨리기 시작했다. 내가 할머니와 둘이 사는 건 예진이만 안다. 설마 예진이가 다른 애들한테 말했을까? 그럴 리 없다. 내가 아는 예진이라면 애들이 내 뒷담화를 하더라도 말리면 말렸지, 거들었을 리가 없다. 이건 쟤들이 떠보는 거다. 말려들지 말자.

그렇게 다짐하는데 눈시울이 뜨거워지더니 차츰 눈가가 젖어 들었다. 평소보다 한 시간 일찍 일어나서 정성 들여 화장한 얼굴이 눈물범벅 되는 우스꽝스러운 모습만큼은 보이고 싶지 않았다. 속으로 하나만 빌었다. 제발 울지만 말자고.

그때, 어디선가 점잖게 타이르는 목소리가 들렸다.

"야, 너희 그러지 마. 부모님 없이 할머니 밑에서 꿋꿋하게 자란 미운이가 들으면 속상하겠다."

얼굴을 확인하지 않아도 누군지 알 수 있었다. 사랑을 많이 받고 잘 배운 티가 나는 목소리. 내가 갖고 싶어 했던 목소리. 초등학교 3학년 때도, 지금도, 아무리 들어도 지겹지 않은 예진이의 목소리였다. 나는 완전히 전의를 상실한 채 예진이를 멍하니 쳐다볼 수밖에 없었다.

안쓰럽다는 표정을 짓고 있던 예진이가 날 보자 환하게 미소 지었다. 나를 행복하게 만들던 해사한 미소였다. 그 표정을 본 심정을 어떻게 설명해야 할까. 예진이만을 위해 높게 지어 놓은 내 마음속 아파트가 한 층 한 층 무너져 내리는 기분이었다.

예진이네 모둠은 서로 잘했다는 듯이 웃고 떠들고 있었다. 최은영은 무표정인 듯 보였지만 볼에 엷게 보조개가 패어 있었다. 차라리 저 말을 한 게 최은영이었다면 좋았을걸. 최은영의 배신은 나를 분노에 휩싸이게 했지만, 예진이의 배신은 나를 불태워 완전히 재로 만들어 버렸다.

할머니는 오늘도 마중 나오지 않았다. 오늘만큼은 나와 있어야 했다. 횡단보도를 건너면서 아저씨를 찾았다. 하지만 아무리 불러도 나타나지 않았다. 아저씨도, 오늘만큼은 나타났어야 했다.

비척거리며 걸었다. 어디에든 주저앉고 싶었지만 다리가 몸뚱어리를 이끌고 집으로 향했다. 홀린 듯 가면서 속으로 외쳤다.

'제발, 누구라도 내 곁에 있어 주세요. 나를 붙잡아 주세요!'

안 그러면 나라는 존재가 어떤 소용돌이에 휘말려 눈 깜짝할 사이에 이 세상에서 사라져 버릴 것 같았다. 그렇게 되지 않기 위해, 나는 발끝에 온 힘을 주고 걸었다.

현관문을 열자 할머니의 목소리가 먼저 나를 반겼다.

"미운이 왔냐!"

겨우 신발을 벗고 거실에 들어섰다. 나를 맞이하려고 서 있는 할머니를 향해 질문을 쏟아 냈다.

"할머니, 나는 왜 엄마 아빠가 없을까? 엄마 아빠는 죽었는데 나는 왜 살아 있을까? 남들 다 있는 거 왜 나만 없을까? 내가 사랑

받은 적이 있기는 할까? 나는 왜 이 모양일까? 사랑을 못 받아서 그런 걸까? 나한테도 좋은 일이 있긴 했을까?"

어느 질문에도 답은 필요하지 않았다.

다리에 힘이 풀렸다. 주저앉아 멍하니 허공을 바라봤다. 그러다 낡고 오래된 은색 소파가 시야에 들어왔다. 할머니가 기대고 눕고 잠을 자는 소파. 팔걸이 부분 솔기가 터져 안에 든 노란 스펀지가 튀어나와 있었다. 그게 뭐라고, 온갖 감정이 뒤섞이면서 왈칵 눈물이 났다.

"다 거지 같아!"

벌컥 소리를 질렀다. 온몸이 바들바들 떨렸다.

"기억 안 난다고만 하지 말고, 제발! 제발 말해 줘, 할머니. 제발 좀……."

무릎을 꿇고 할머니의 가늘고 건조한 발목에 매달려 애원했다.

할머니는 말이 없었다. 그저 나처럼 무릎을 꿇고 내 어깨를 양팔로 감쌌다. 그러고는 같이 울었다. 아주 오래도록.

눈을 떴다. 두 시간 정도 눈을 감고 있었던 것 같다. 창밖에는 동이 트고 있었다. 밤부터 오기 시작한 여름을 알리는 비가 똑, 똑, 창을 두드렸다. 끔찍하게도, 또 하루가 시작되고 있었다.

어제 할머니와 부둥켜안고 울고 난 후로 내내 침대에 누워 있었다. 할머니는 결국 어떤 대답도 해 주지 않았다. 미안하다는 말뿐이었다. 내게 그런 말은 아무런 도움이 되지 않았다. 군데군데가 누렇게 바랜 천장을 바라보며 아주 오래도록 분노를 삭였다. 그래서일까? 눈을 뜬 지금, 내 심장은 차갑게 식어 있었다.

피식 웃음이 났다. 안미운, 뭐 그런 거에 집착해. 지금 네 꼴 엄청 추한 거 알아? 가질 수 없으면 포기하면 되는 거야. 이번 생에는 절대 좋은 친구를 갖지 못할 거 알잖아. 그러니까 포기해.

그렇게 결론을 내리자 이상하게 몸이 가볍고 머리가 맑아졌다. 뭐야? 간단한 거였잖아. 그래, 그만두면 되는 거야. 안 되면 놓아버리면 되는 거야. 오래도록 내 속을 썩이던 문제가 가볍게 풀리는 것 같았다.

거실로 나갔다. 불 꺼진 거실에는 빗소리만 가득했다. 할머니를 찾다가 어젯밤에 할머니가 한 말이 떠올랐다. 굳게 닫힌 내 방문에 대고 내일은 아침 일찍 나간다고 말했었다. 지하철에서 시위가 있다고 했다. 사람들은 무슨 대단한 걸 얻겠다고 시위까지 해대는지. 그냥 포기하면 빠른데.

식탁에 밥상 덮개가 씌워져 있었다. 입맛은 없었지만 할머니의 정성을 생각해서 열어 보았다. 케첩이 지그재그로 뿌려진 오므라이스가 나왔다. 내가 좋아하는 음식이다. 만화를 보면 화목한 가정의 식사로 이게 꼭 나왔다. 그래서 좋아했을 뿐이었다.

새벽 일찍 일어나서 밥을 볶고 지단을 부쳤을 할머니의 뒷모습이 눈에 선했다. 눈물이 핑 돌았다. 서둘러 밥상 덮개를 덮었다.

흔들리면 안 된다.

슬리퍼를 꿰어 신고 집을 나왔다. 계단을 쉼 없이 올라 옥상으로 직행했다. 야외로 향하는 철문이 닫혀 있었다. 떨리는 손으로 문고리를 잡아 비틀었다. 금속의 차가운 감촉과 함께 덜컥, 문이 열렸다.

밖으로 나가자 초록색 페인트를 칠한 바닥에 군데군데 물웅덩이가 져 있었다. 꽤 많은 빗줄기가 웅덩이를 때렸다. 비를 그대로 맞으며 난간 앞으로 갔다. 적갈색 가짜 기와를 얹은 난간은 내 무릎까지밖에 오지 않았다. 의지만 있다면 가뿐히 넘을 수 있었다. 그리고 나는 의지가 충만했다. 그러니 손쉽게 넘을 수도 있었다.

아래를 굽어봤다. 5층 높이밖에 되지 않는데도 눈앞이 아찔했다. 여기서 뛰어내리면 한 번에 죽을 수 있을까? 고개를 내밀고 한 번 더 내려다봤다. 머리가 깨지는 내 모습이 상상되면서 공포감이 몸을 덮쳤다.

약해지지 말자. 숨을 길게 내쉬었다. 슬리퍼에서 오른발을 빼 난간에 댔다.

"뛰어내리게? 자살은 무조건 지옥행이야."

등 뒤에서 누군가의 목소리가 들려왔다. 반가움과 서글픔이 동시에 들게 만드는 목소리였다. 하지만 마음 깊숙이 잘 숨겨 두었던 원망이 불쑥 튀어나와 순식간에 다른 감정들을 쫓아냈다. 그래서 말이 예쁘게 나가지 않았다.

"아저씨, 방해하지 마요. 여기나 지옥이나 똑같아요."

"친구, 그러지 말라고."

"친구는 무슨. 정말 필요할 땐 오지도 않았으면서."

왜 지금 아저씨랑 실랑이를 벌이고 있는 거지? 뛰어내리면 끝이잖아.

"일이 좀 있었어."

"마저 일 보세요. 전 제 일 볼게요."

"널 지키는 게 내 일이야."

순간 아저씨가 시간을 멈춘 날이 머릿속에 스쳐 지나갔다. 아저씨는 계약자와의 계약을 성실하게 이행하는 게 일이라고 했다. 누군가가 나를 지켜 달라고 계약을 하기라도 했단 건가?

"날 왜 지키는데요?"

여전히 등을 돌린 채로 말했다. 그냥 뛰어, 안미운! 뭘 기대하는 거야?

"너한테 걸린 계약이 뭔지 궁금하댔지?"

아저씨의 목소리가 조금 더 가깝게 들렸다. 엉겁결에 뒤를 돌아 볼 뻔했다. 뒤도는 순간, 내 계획은 무너지고 만다.

"아니에요, 알려 주지 마세요. 이젠 아무 의미 없어요."

목소리가 떨렸다. 안 돼. 약해지면 안 돼. 지금이라도 뛰어야 해. 난간에 올려 둔 발끝에 힘을 줬다.

"할머니가 부탁했어. 널 지켜 달라고."

아저씨가 내 팔을 잡았다. 오소소 소름이 돋은 팔에 따스한 감촉이 느껴졌다.

"뭐라고요?"

참지 못하고 고개를 돌렸다. 내 얼굴 바로 앞에 아저씨의 얼굴이 있었다. 빗줄기가 이렇게 쏟아지는데도 혼자만 다른 공간에 존재하는 것처럼 머리카락 한 올 젖어 있지 않았다.

허리를 숙여 나와 눈높이를 맞춘 아저씨가 검붉은 눈동자로 나를 지그시 바라보더니 이내 엷은 미소를 지었다.

"할머니 방에 가 봐. 다 알게 될 거야."

그러고는 내 등을 밀었다. 우리가 처음 마주친 날처럼.

나는 달렸다. 바닥을 밟을 때마다 웅덩이에서 튄 빗물이 내 발등을 덮쳤다. 물에 젖은 슬리퍼가 찰박찰박 비명을 질렀다. 계단을 두세 칸씩 뛰었다. 단숨에 1층으로 내려왔다. 두 번이나 도어록 비밀번호를 틀리고 나서야 겨우 현관문을 열었다. 슬리퍼를 내던지듯 벗었다. 빗물에 젖은 발을 집 안에 들였다가는 할머니한테 혼날 테지만, 아무래도 상관없었다.

안방 앞에 섰다. 동그란 문고리를 거세게 좌우로 비틀었다. 문은 잠겨 있었다. 부엌으로 가서 온갖 장을 뒤졌다. 문고리를 딸 생각이었다.

하지만 아무리 찾아봐도 열쇠 구멍에 들어갈 만한 뾰족한 게 보이지 않았다. 젓가락을 들고 열쇠 구멍에 쑤셔 봤지만 턱도 없었다. 과도를 가지고 와서 문틈에 밀어 넣어도 봤지만, 문은 열릴 낌새도 보이지 않았다.

내 방으로 들어가 사방으로 눈동자를 굴렸다. 책장에 진열해 놓은 크리스털 트로피가 보였다. 초등학생 때 과학 발명품 경시 대회에서 입상하고 받은 건데, 꽤 묵직하다.

그걸 낚아채듯 들고 다시 안방 문 앞으로 갔다. 양손으로 트로피를 감싸 쥐고 문손잡이를 있는 힘껏 내리쳤다.

쾅—! 쾅—! 쾅—!

충격이 손을 타고 고스란히 어깨까지 전해졌다.

쾅—! 쾅—!

트로피 모서리가 벗겨지면서 가루가 바닥에 떨어졌다. 손아귀 힘이 점점 빠졌다. 하지만 멈출 수 없었다.

쾅—! 쾅—!

문과 문고리 사이에 틈이 생겼다. 몇 번 더 내리치자 손잡이 주변의 나무가 빠개졌다. 오래된 집이 이럴 땐 도움이 됐다.

남은 힘을 쥐어짜 다시 한번 문고리를 강하게 내리쳤다.

땡그랑!

금속 부딪히는 소리가 거실에 울려 퍼지며 손잡이가 바닥에 떨어졌다. 문에는 동그란 흔적만 남아 있었다. 오랜 세월을 견디지 못해 썩어 빠진 문이 손으로 찢은 식빵처럼 삐죽삐죽한 속을 드러내 놓고 있었다.

성이 난 사람처럼 숨을 헐떡이며 문을 노려봤다. 아저씨와 할머니가 감춰 왔던 비밀이 무엇인지 알아야 했다. 문을 밀었다. 문틈이 벌어지면서 방이 서서히 모습을 드러냈다.

순간 악 소리를 지를 뻔했다. 그러나 눈앞에 펼쳐진 기이한 광경에 온몸이 얼어붙었다. 경직된 두 다리는 문지방을 넘어서지 못했다. 나는 두 손으로 입을 틀어막은 채 눈동자만 겨우 굴렸다.

글씨가 적힌 종이가 온 벽에 덕지덕지 붙어 있었다. 빈틈없이 붙은 종이에는 아무런 공통점이 없었다. 크기도 제각각이었으며, 필기구도 검은 펜, 파란 펜, 연필까지 다양했다. 붙어 있던 세월도 각기 다른지 종이의 바램 정도도 전부 달랐다.

조심스럽게 방 안에 발을 내디뎠다. 이 상황을 이해하려면 시간이 조금 필요할 것 같았다. 고개를 쭉 빼고 글자들을 하나씩 눈으로 읽어 나갔다.

오므라이스를 좋아해.
분홍색 조끼가 예쁘대.
너한텐 손녀가 있어.
2010년 7월 23일생. 범띠.
이름, 안미운.

그 옆에 종이 한 장이 덧대어져 있었다.

미운이는 제 이름을 싫어해.

벽을 빙 둘러 가며 하나도 빼놓지 않고 읽었다. 모두 나에 관한 것이었다. 내가 좋아하는 것, 내가 싫어하는 것, 내가 원하는 것, 내가 원하지 않는 것……. 할머니의 방은 온통 나로 가득했다.

이제야 알았다. 할머니는 기억을 잃어 가고 있었다. 손녀가 울면서 애원해도 아무 답도 해 줄 수 없었던 건 할머니가 치매이기 때문이다.

그것도 모르고 징징거리기만 했다니. 치매인 할머니는 돈 벌러 가고, 손녀는 친구들한테 매달려 보겠다고 그 돈을 타서 쓰다니. 나 자신이 한심해서 미칠 지경이었다.

아저씨가 알려 주려던 게 이거였을까? 죽지 말고 할머니 옆을 지키라고?

하지만 아저씨의 생각은 틀렸다. 난 역시 쓸모없는 존재다. 어서 사라져야 한다. 그게 할머니를 편하게 해 주는 거다.

안방에서 나가려는데 발바닥에 무언가가 걸렸다. 도톰한 매트리스 옆에 노트 크기의 종이 한 장이 갈색 박스 테이프로 고정되어 있었다. 본래 하얬을 종이는 고동색으로 바래져 있었고, 바닥에 눌어붙어서 노란 장판과 한 몸처럼 보였다.

종이에는 이렇게 쓰여 있었다.

눈 뜨면 일기장부터 봐.

일기? 할머니가 나 몰래 쓰는 일기를 말하는 듯했다. 왜 깨자마자 일기부터 보라고 하지? 대체 무슨 내용이 담겨 있길래?

그런 의문에 휩싸이자 항상 잠가 두는 방문, 벽에 붙은 종이들, 비밀스러운 일기까지 모든 게 미스터리하게 느껴졌다. 이 비밀을 파헤쳐야만 편하게 눈을 감을 수 있을 것 같았다.

사건 현장에 온 탐정처럼 눈에 힘을 주고 할머니의 방을 눈으로 훑었다. 일기장을 찾아야 했다.

우선 화장대에 달린 서랍부터 뒤졌다. 화장대에는 언제부터 있었는지 모를 아이 크림, 다 쓴 게 분명해 보이는 화장품 통, 포장지도 뜯지 않은 립스틱같이 자질구레한 것만 잔뜩 있었다.

화장대 옆, 2단으로 된 검은색 칠기 장롱 앞으로 가 서랍이란 서랍은 다 뒤졌다. 그러나 어디에서도 노트는 나오지 않았다.

그래, 그렇게 중요한 거라면 눈에 띄는 곳에 두지 않겠지. 바닥에 납작 엎으려 장롱 밑을 살폈다. 손을 넣어 한 번 쑥 훑었으나 케케묵은 먼지와 머리카락만 딸려 나왔다. 화장대 의자를 끌고 와 장롱 위도 훑었으나 역시 잿빛 먼지뿐이었다.

허리에 손을 올리고 잠시 고민했다. 단출한 이 방에 가구는 이게 다였다. 더 이상 숨길 곳이 없었다.

아니다. 아직 남은 곳이 있었다. 장롱의 양 문을 활짝 열어젖혔다. 한쪽엔 외투가 걸려 있고, 다른 한쪽엔 이불이 켜켜이 쌓여 있었다. 총천연색의 외투 사이사이에 손을 집어넣어 봤지만 아무것도 나오지 않았다. 신문을 깔아 둔 장롱 바닥에 손을 대 봐도 별다른 소득이 없었다.

이번엔 두툼한 솜이불 밑으로 양손을 집어넣었다. 위에서부터 시작해 맨 밑바닥까지 내려왔다.

그런데 뭔가 이상했다. 신문의 꺼끌꺼끌한 느낌이 아니라 뽀독뽀독한 감촉이 손바닥에 전해졌다. 손을 더 깊숙이 넣어 손가락으로 바닥을 훑었다. 무언가를 맞붙여 놓은 듯한 틈의 존재가 손끝에 느껴졌다.

이불을 하나씩 꺼내 바닥에 내던졌다. 금세 장롱 바닥이 드러났다. 바닥은 노트로 도배되어 있어 마치 알록달록한 퍼즐을 맞추어 놓은 것처럼 보였다. 노트는 3단으로 깔려 있었다. 대충 세어도 오십 권은 넘는 듯했다.

가장 앞엣것을 집어 들었다. 겉표지에 76(24. 3. 4~)라고 크게 적혀 있었다. 다 쓴 날짜가 적혀 있지 않은 걸로 보아 가장 최근 것인 듯했다. 첫 페이지를 펼쳤다.

2024. 3. 4.

미운이가 중학교 2학년이 됐다. 개학식을 마친 미운이는 정문에 선 나에게 활짝 웃으면서 달려왔다. 최근 그렇게 밝은 웃음을 본 적이 없다. 이유를 물어 보니까 예진이라는 애랑 같은 반이 됐단다. "예진이 알지?" 하고 묻는데 답을 할 수가 없었다. 말을 들어 보니 초등학교 3학년 때 단짝이었단다. 그럼 알 리가 없다.

미운이가 행복한 미소를 지을 수 있게 하는 아이라니. 예수가 따로 없다.

기억해라. 미운이의 예수님 채예진. 미운이의 초등학교 3학년 때 단짝이다.

할머니가 예진이를 예수라고 불렀던 이유를 알 것 같았다. 독특하게 암기한 영어 단어의 원래 의미는 홀라당 까먹고 외우는 방법만 남은 것처럼, 할머니의 기억에 오류가 생긴 거였다.

그래도 그걸 기억 못 한다니. 초등학교 3학년 때는 예진이와의 추억으로 가득 차 있고, 나는 그 추억을 매일 할머니한테 들려주었다. 생각보다 증상이 오래된 모양이었다.

페이지를 넘겨 최근 일기를 살펴보았다. 바로 어제 날짜까지 쓰여 있었다.

2024. 5. 20.

학교에서 돌아온 미운이가 질문을 쏟아 냈다. 제 애비와 애미에 대해. 몇 년간 물어 보지 않아서 이제 괜찮은 줄 알았다. 생각이 짧았다. 아무리 엄마 아빠의 얼굴을 모른다고 해도 어떻게 그 한까지 지우겠어. 불쌍한 우리 똥강아지.
궁금하다. 일부러 지우지 않았다면 미운이는 제 엄마 아빠의 얼굴을 기억할 수 있었을까?
문득 나도 우리 엄마가 보고 싶어졌다.
기억해라. 미운이는 오늘 아주아주 힘든 날이었다.

일부러 지워? 뭘? 고개를 갸웃하며 페이지를 거꾸로 넘겼다.

2024. 5. 19.
주말인데도 미운이가 나가지 않는다.
방에만 틀어박혀 있는 미운이를 보면 겁이 난다. 초등학생 때처럼 미운이가 마음고생을 할까 봐. 불쌍한 우리 똥강아지.
기억해라. 미운이는 오늘 방에 틀어박혀서 나오지 않았다.

2024. 5. 14.
미운이가 며칠째 표정이 어둡다. 도와줄 일이 있냐고 물어봤지만, 미운이는 화를 냈다.
그동안 내가 미운이를 위해서 한 일이 미운이에겐 상처였나 보다. 억지로 학교에 보내고, 마중을 나가는 것이. 그래도 미운이를 생각하면 해야만 한다. 약해지지 말자.

기억해라. 미운이는 옷을 겨자색으로 맞춰 입으면 싫어한다.

최근까지도 온통 내 이야기투성이였다. 내가 좋아하는 거, 내가 싫어하는 거, 내 기분, 내 생활……. 할머니의 일상을 담은 일기가 아니라 안미운 육아 일기였다.

2024. 4. 29.
악마가 찾아왔다.

나는 눈을 번쩍 떴다.

오늘 사고가 날 뻔한 미운이를 구해 줬다고 하면서 추가 요금을 원했다. 무려 반년 치의 기억을. 치가 떨린다.
늦게 온다던 미운이가 빨리 왔다. 그래서 악마와 만나고 말았다. 절대 마주치게 해선 안 됐는데. 계약은 내 대에서 끝내야 하는데.
기억해라. 나는 반년 치의 기억을 지불했다. 미운이의 안전에 더 신경 쓰자.

할머니는 치매가 아니었다. 아저씨와 계약을 했다. 계약 내용은 나를 지켜 주는 것, 대가는 할머니의 기억. 그래서 기억이 온전치 않은 거였다. 게다가 아저씨가 나를 위험에서 구해 줄 때마다 추가 계약금을 냈다. 노래를 듣다가, 춤을 추다가 차에 치일 뻔했을 때 전부 말이다.

아저씨가 한 말이 떠올랐다. 악마는 대가 없이 선을 베풀지 않는다고. 이미 아는 사실인데도 사기를 당한 것처럼 마음이 쓰라렸다. 맨날 할머니 속을 썩이고, 기껏 벌어 온 돈을 펑펑 써 버리는 것도 모자라 기억까지 날아가게 하다니. 나 같은 건 빨리 죽어야 할머니가 편히 살수 있을 것이다.

잠깐, 내가 죽으면 계약은 파기되는 걸까? 내 목숨은 버리더라도 할머니의 기억은 되돌려 놔야 한다. 정확한 계약 내용을 알아야 한다. 왜 나를 지켜 달라고 계약을 한 건지, 기간은 언제까지인지, 얼마큼의 기억을 걸은 건지. 기억은 단가가 낮다고 했다. 할머니의 기억이 얼마 남지 않았을 수도 있다.

읽던 일기장을 옆에 두고 장롱에서 일기장을 모두 꺼내 바닥에 깔았다. 노트며 이불까지 다 늘어놓은 안방은 꼴이 말이 아니었다. 그 순간에도 할머니가 오면 등짝 스매싱 한 대 맞겠구나, 하는 염려를 했다. 하지만 사건의 전모를 알기 위해선 첫 번째 일기장이 필요했다.

노트 더미를 마구 뒤져서 1번 일기장을 찾았다. 초등학생 노트인 76권과 달리 1권은 어린이집 알림장이었다. 온 사방에 어린이용 캐릭터가 그려져 있었다. 겉표지에는 1(14. 5. 4.~14. 7. 23.)이라고 적혀 있었다. 무려 십 년 전부터 할머니는 일기를 쓰고 있었던 것이다.

시간의 흐름을 인증하듯 파스텔 톤의 분홍색 표지는 연한 노란색으로 바래져 있었다. 속지는 갈색에 가까웠으며, 물에 닿았었는지 종이가 라면처럼 구불거렸다. 검지와 엄지로 조심스럽게 일기장 표지를 넘겼다. 바스락 소리가 났다.

첫 장에는 물 마른 자국이 둥그렇게 나 있었다. 젖은 손을 댄 것 같았다. 힘을 잔뜩 주었는지 글씨가 삐뚤빼뚤하고 줄 간격도 맞지 않았다. 다급함이 느껴지는 글씨였다. 세월에 흐릿해지고 물에 번진 글자들을 해독하듯이 읽어 나갔다.

2014. 5. 4.
기억해야 한다
나한테는 손녀가 있다
2010년 7월 23일생 범띠
이름 안미운(安美韻)
호강동 출생
혜운 산부인과에서 태어남
호강 유치원
내가 키워야 해
Rh- O형

짧게 짧게 써 내려간 문장에는 공통점이 보이지 않았다. 다음 페이지로 넘기자 긴 글이 이어졌다. 안정을 찾았는지 평소 보던 할머니의 정갈한 글씨체로 돌아와 있었다.

12

2014. 5. 4.

이어서 씀.

병원에서 전화가 왔다. 규혁이가 죽었다고.

이게 무슨 말인가 싶어서 누구요? 하고 물었다. 안규혁 씨가 아드님 아니냐는 물음이 돌아왔다. 맞는데요? 왜요? 하니까 아드님이 교통사고로 사망하셨다고 했다. 자세한 사정은 병원에서 말씀드리겠다고 덧붙였다.

전화를 끊으려는 상대방을 붙잡고 우리 손주는요? 며늘아기는요? 하고 물었다. 며늘아기는 숨을 거두었고 미운이만 응급실에서 상태를 보고 있다고 했다. 어느 병원이라고 알려 주길래 마치 남의 이야기를 듣는 것처럼 고맙다고 하고 전화를 끊었다. 휴대폰을 든 채로 잠시 멍하니 서 있었다.

그럴 리가 없다. 불과 두 시간 전에 며늘아기와 통화했다. 놀이공원에 가다가 휴게소에 들렀는데 오늘 차가 엄청 막힌다고, 좀 더 일찍 출발했어야 한다고 가볍게 투정을 했다. 미운이 목소리도 들려 줬다.

"할머니! 재밌게 놀다 갈게!"

평소보다 더 들뜬 목소리로 까르르 웃던 우리 똥강아지. 그렇게 신이 났었는데…….

겉옷을 챙겨 입으면서도 현실을 부정했다. 에이, 설마. 아닐 거야. 아닐 거야.

양말을 신으려 바닥에 주저앉았다. 손이 덜덜 떨려서 자꾸만 양말이 발가락에 걸렸다.

순간, 주체할 수 없는 울음이 쏟아져 나왔다. 병원에 가야 한다는 것도 잊은 채 양말을 끌어안고 엎드려 통곡했다. 제발 우리 가족을 살려 달라고. 주먹으로 바닥을 치면서 믿지도 않는 신들을 부르며 제발 우리 애들을 지켜 달라고 기도했다.

그때 초인종이 울렸다. 아무도 만나고 싶지 않았지만 내 몸은 벌써 현관으로 나가고 있었다. 소매로 눈물을 닦고 목소리를 가다듬었다. 그 사이에도 쿵, 쿵, 쿵, 현관문 두드리는 소리가 났다.

뭐가 그리 급하다고. 내 아들한테 사고가 난 마당에 이보다 급한 일이 어디 있겠느냐. 별일이 아니라면 문밖에 있는 저 작자의 다리를 분질러 버리리라. 그런 심정으로 문을 열었다.

문 앞에 검은 정장을 입은 남자가 서 있었다. 젊고 훤칠한 청년이었다. 키가 무지 커서 고개를 푹 숙여 나를 내려다보고 있었다. 저승사자를 본 것처럼 뒷걸음치다가 엉덩방아를 찧었다. 그땐 상조 회사에서 나온 직원이라고 생각했다.

"저를 찾으셨죠?"

청년은 분명 그렇게 말했다. 그런 적 없다고 하니, 청년이 손에 든 가방에서 서류 뭉치를 꺼내서 나에게 건넸다. 계약서였다. 심장이 쿵 내려앉았다. 아직 애들 얼굴도 보지 못했는데 장례식부터 준비하라니. 세상이 참 비정하다고 생각했다.

청년이 잠시 안으로 들어가겠다고 했다. 기세 좋게 밀고 들어오는데 말릴 새가 없었다. 청년은 허락도 없이 거실에 펴 둔 상 앞에 앉더니 가지고 온 서류를 상 위에 늘어놓았다. 내가 맞은편에 앉자, 그놈은 깍지 낀 양손을 탁자에 올리고는 아주 허무맹랑한 말을 지껄이기 시작했다.

자신은 악마라고. 내가 간절히 외쳐서 왔고, 소원을 들어줄 수 있다고. 단, 계약서를 작성한다는 조건하에.

나는 벌떡 일어났다. 못돼먹은 장난 때문에 시간을 지체했다니. 이 작자를 집안으로 들인 나한테 참을 수 없이 화가 났다. 전화를 받은 지 벌써 삼십 분이 지났다. 어서 병원에 가야 했다.

청년의 팔뚝을 잡고 억지로 일으켜 세우려 했다. 하지만 청년은 끄떡도 하지 않고 차분하게 말했다.

"손녀 분을 지키셔야죠."

이게 무슨 말이란 말인가? 나는 고래고래 소리쳤다. 당신 뭐예요! 우리 애들 소식은 어떻게 아는 거죠? 정신이 혼미했던 때라 잘 기억은 안 나지만 대충 그렇게 말했던 것 같다. 하지만 청년은 손목에 찬 시계를 보더니 "시간이 얼마 남지 않았습니다. 손녀 분을 생각하세요"라고 아주 사무적으로 말했다.

그 말에 정신이 번쩍 들었다. 재빨리 무릎을 꿇었다. 내 앞에 있는 사람이 악마든, 천사든, 뭐든 괜찮았다. 우리 가족을 살릴 수만 있다면 무엇이 중요한가? 머리를 바닥에 박으면서 빌었다.

"계약서 쓸게요. 쓰겠습니다. 아이고, 제발 우리 가족을 살려 주십시오."

"죽은 인간을 살리는 데에는 최소 다섯 명의 목숨이 필요합니다. 아드님과 며느님, 두 명이니까 적어도 열 명의 목숨이 필요합니다. 그건 어려우시겠죠?"

"안 돼!"

나는 바닥에 넙죽 엎드려 통곡했다. 내 아들과 며늘아기는 죽지 않았다는 믿음이 갈기갈기 찢겼다.

얼마나 지났을까? 재촉하는 목소리가 들렸다.

"얼마 안 남았습니다. 빨리 결정하지 않으면 손녀 분까지도 목숨이 위태롭습니다."

나는 엉금엉금 기어 악마 자식의 허벅지를 붙잡았다.

"할게요! 하겠습니다. 얼마면 됩니까?"

그러자 악마가 가볍게 미소 지었다. 그 안면을 후려갈기고 싶었지만 묵묵히 기다렸다.

"인간의 종이 쪼가리 따위는 필요 없습니다. 본인에게 소중한 걸 걸어야 합니다."

소중한 거? 내 아들…… 죽지 않았느냐, 이 악마 자식아! 부들부들 떨리는 입술을 아랫니로 꽉 물었다.

"내 남은 목숨을 가져가세요."

결연하게 말했다. 또다시 뜨거운 눈물이 볼을 타고 흘렀다. 사랑하는 똥강아지를 위해서라면 내 목숨도 바칠 수 있다. 그런데 내가 죽으면 우리 미운이는 어떻게 살아가야 하지? 불쌍한 것, 불쌍한 것…….

악마가 실눈을 뜬 채 나를 위아래로 훑었다. 그러더니 고개를 저었다.

"이순자 씨의 목숨에는 이미 계약이 걸려 있습니다. 보호되어 있어 건드릴 수 없습니다."

이건 또 무슨 소리란 말인가?

"제 목숨을 대체 누가……?"

눈을 감은 채 턱을 쓰다듬던 악마가 곧 눈을 떴다.

"계약자가 사망하셨으니 말씀드리죠. 정말년 씨께서 이순자 씨의 목숨 연장을 계약하셨습니다."

"저희 어머니가요? 어…… 언제요?"

악마가 눈동자를 굴리더니 말했다.

"1973년이군요."

스물한 살 때 폐렴에 걸려 오랫동안 병원 신세를 진 적이 있다. 잘 나은 줄 알았는데, 사실은 그게 아니었던 모양이다.

"어머니는 무엇을 거신 건가요?"

"정말년 씨의 목숨을 거셨습니다. 삼십 년. 그 두 배인 육십 년을 이순자 씨가 살게 됩니다."

맞다, 퇴원하고 얼마 안 있어 어머니가 돌아가셨다. 어머니의 목숨을 뻥튀기한 후에 내 생명줄에 잘라 붙여 지금까지 살아 온 거라니. 아…… 왜 그러셨어요, 어머니. 이 못난 자식이 뭐라고. 깊은 탄식과 함께 원망이 피어올랐다.

하지만 그 이유는 너무나도 잘 알고 있다. 나라도 우리 규혁이를 위해서라면, 미운이를 위해서라면 비루한 내 목숨 따위는 얼마든지 걸 수 있으니까.

"그럼 손녀를 살리려면 무엇을 걸 수 있습니까?"

"음…… 기억을 거실 수도 있습니다."

악마가 검붉은 눈동자를 반짝였다. 나는 다시 머리를 조아렸다.

"얼마든지 가져가세요. 다 가져가셔도 좋습니다."

그러나 악마는 이번에도 고개를 저었다.

"아니요, 이순자 씨의 것이 아닙니다. 손녀 분에 관한 기억입니다."

"미운이에 관한 기억이요……?"

"네, 손녀 분을 굉장히 아끼시는군요."

악마는 거침이 없었다.

"지금까지 가지고 있던 손녀 분에 관한 기억을 걸 수도 있고, 앞으로 새롭게 생길 기억을 걸 수도 있습니다. 선택하십시오."

아, 다행이다. 나는 안도했다. 미운이의 어릴 때 모습을 기억하지 못하는 건 아쉽지만, 그 기억이 사라져도 미운이를 키우는 데에는 지장이 없다. 손주를 내 손으로 키울 수만 있다면 뭐든 하리라.

"과거의 기억을 걸겠습니다."

"정말년 씨를 생각해서 비싸게 쳐 드리겠습니다. 선납금은 안미운 양의 네 살 때까지의 기억입니다. 그다음부터 미운 양이 하루 더 살 때마다, 이순자 씨의 미운 양에 관한 기억은 하루씩 사라집니다. 비율은 일대일. 괜찮으시죠?"

"감사합니다, 감사합니다."

설명이 귀에 들어오지 않았다. 그저 내가 미운이를 돌볼 수 있다는 생각에 모든 게 감사했다. 눈앞의 악마를 쉽게 생각했던 것도 같다. 이 결정이 나를 지옥으로 끌고 갈 줄도 모르고.

"계약은 자정부터 성립됩니다. 어떤 노력을 해도 기억은 반드시 사라집니다. 명심하십시오. 자정부터입니다."

악마가 손에 가방을 들고 일어섰다. 그때가 오후 한 시 삼십 분이었다.

계약을 마치고 밖으로 나갔다. 봄과 작별하는 비가 내리고 있었다. 놀이공원에 간 우리 똥강아지가 재밌게 못 놀겠네, 하고 걱정하다가 소스라치게 놀랐다. 현실을 직시해야 했다. 얼른 택시를 잡아타고 병원으로 향했다. 택시는 빗줄기 사이를 뚫고 부지런히 달렸다.

규혁이는 이미 하얀 천을 덮고 있었다. 악마를 만나 계약하는 비현실적인 일이 있었는데도 현실은 아무것도 변해 있지 않았다.

신분 확인을 위해 천을 내렸다. 침대에 누워 있는 시신의 얼굴은 깨지고 함몰되어 성한 데가 하나도 없었다. 그런데도 알아볼 수 있었다. 내 배로 낳은 내 새끼, 규혁이였다. 끝까지 내 자식이 아닐 거라 믿었는데, 그 믿음이 무참히 무너졌다.

규혁이가 누운 침대의 끄트머리를 짚으며 겨우 시체 안치소를 나왔다. 정신 줄이 왔다 갔다 했다. 내 뺨을 서너 번 쳤다. 정신을 차려야 했다. 아직 미운이가 있다. 미운이는 응급실에서 병실로 옮겨졌다고 했다. 병실 문 앞에서 방긋방긋 웃는 연습을 했다.

병실에 들어서자 분홍색 토끼 인형을 가지고 놀던 미운이가 나를 발견하고는 침대에서 내려와 안겼다. 혼수상태라고 들었는데 아주 멀쩡했다. 미운이의 맑고 투명한 눈동자를 보자 눈물이 고였다. 꾹 참았지만 내 힘으로 가능한 일이 아니었다. 더 이상 참을 수 없을 때쯤, 한 품도 안 되는 손녀를 안고 잠시 울었다.

사람은 죽으면 끝이지만, 남은 자에겐 숙제가 있다. 경찰과 의사, 간호사가 돌아가면서 찾아왔다. 그들이 서명하라고 하면 서명하고, 무언가를 고르라고 하면 골랐다. 나에게 이거 해야 한다, 저거 해야 한다고 알려 주는 사람들은 슬프지도 않은지 기운이 넘쳐 보였다.

미운이는 집에 가자고 계속 떼를 썼다. 생기 넘치는 그 목소리가 없었다면 사후 처리를 다 해낼 수 없었을 것이다. 내 손으로 규혁이를 보내느니, 규혁이를 따라가는 쪽이 더 편했을 테니까.

의사는 최종적으로 미운이에게 이상이 없다고 판단했다. 차가 반파될 정도로 큰 사고였는데 아이에게 외상이 없는 건 신의 축복이라고 했다. 나는 속으로 비웃었다. 축복이 아니라 거래 때문이었으니까. 악마와 한 거래.

곧 의사가 고개를 갸웃했다. 미운이는 사고의 충격으로 사고 이전의 기억이 완전히 손실되었는데, 이상하게 엄마 아빠는 기억 못 해도 할머니는 분명하게 기억하고 있다고 했다. 이번에도 나는 코웃음을 쳤다. 악마 자식이 서비스라며 남겨 준 것이었다.

병실이 답답하다고 조르는 미운이의 손을 잡고 잠시 병원 밖으로 나왔다. 가로등의 하얀 불빛이 제법 잦아든 빗줄기를 비추었다. 빗줄기를 따라 고개를 들었다가, 어두컴컴한 밤하늘을 보고 정신이 번쩍 들었다.

시계를 봤다. 밤 열 시 이십 분이었다. 앞으로 한 시간 사십 분 뒤면 미운이에 관한 사 년간의 기억이 사라진다. 그렇다면 미운이가 태어났다는 것도 모른다는 뜻이다. 만약 병원에서 기억을 잃는다면? 생각만 해도 끔찍했다. 집에 가야 했다.

장례니 뭐니 처리해야 할 게 많았지만 그런 것 따위는 중요치 않았다. 미친 듯이 택시를 찾았다. 낮에는 병원 앞에 진을 치고 있던 택시들이 하나도 보이지 않았다. 큰길까지 나가야 잡을 수 있을 것 같았다.

"미운아! 할머니랑 달리기할까?"

"잉, 싫어. 할머니, 업어 줘."

"오늘따라 우리 똥강아지가 왜 그럴까? 할미 손 잡고 달리면 안 될까?"

제발, 미운아, 제발. 우리 예쁜 미운아, 할머니 말 한 번만 들어다오.

"아앙, 싫어. 나 업히고 싶어, 할머니."

미운이를 들쳐 업었다. 몸이 휘청하고 흔들렸다. 그 상태로 큰길까지 내달렸다. 빗방울을 쳐 내며 쌩쌩 달리는 자동차들이 보였다. 그제야 안도하고 미운이를 내려놨다. 한 발짝도 더 걸어갈 수 없을 만큼 다리가 후들거렸다.

그런데 택시가 도무지 잡히지 않았다. 빈 차 표시등을 단 차도 우리 앞을 쌩 지나쳐 갔다. 벌써 계약 이행 시간이 한 시간 앞으로 다가왔다. 기다리고만 있을 수는 없었다.

길에 뛰어들었다. 두 팔을 벌리고 택시를 막아섰다. 날카로운 경적과 함께 욕지거리가 들려왔다. 규혁이에게 첫째도 둘째도 남한테 피해 끼치지 말고 살아야 한다고 가르쳤었다. 하지만 지금은 도저히 예의를 차릴 때가 아니었다.

택시가 집 앞에 도착했을 땐 계약이 시작되기 사십 분 전이었다. 잠이 든 미운이를 업고 집으로 달렸다.

미운이 방에 들어가서 가방을 뒤졌다. 아무 노트나 집히는 대로 들고 아이에 관해 기억나는 대로 적어 내려갔다.

13

첫날의 기록은 그렇게 마무리되어 있었다.

할머니는 나에 관한 기억을 거래한 것이었다. 이제야 할머니가 무수한 노력을 했다는 걸 깨달았다. 잠을 줄이고, 일기를 쓰고, 메모해 두는 모든 행동이 나를 기억하려고 해 온 노력이었다.

아, 안 돼. 천장으로 고개를 젖혀 눈물을 참았다. 할머니 노트에 눈물을 묻히면 또 이년, 저년 하면서 혼날 게 분명했다.

다음 페이지로 넘겼다. 다음 날 일기가 이어졌다.

2014. 5. 5.

잠에서 깨자마자 화들짝 놀랐다. 내 옆에 모르는 아이가 누워 있었다. 미운이를 정말로 몰라본 것이다.

거실로 나가 규혁이와 며늘아기를 부르다가 절망적인 기억이 나를 덮쳤다. 미운이에 관한 기억만 쏙 빼고 모든 게 생생하게 기억이 났다.

비틀대며 방에 들어왔다. 아이는 어제 있었던 악몽 같은 일은 아예 모르는지 쌔근쌔근 잘만 자고 있었다. 잠든 생면부지 아이의 얼굴을 가만히 바라봤다. 나도 모르게 포동포동하게 살이 오른 볼살을 꼬집었다. 그러다가 방바닥에 붙은 종이를 발견했다.

눈 뜨면 일기장부터 봐.

일기장이라니? 나한테 그런 게 있었나? 하지만 저 글씨체는 내 것이 분명했다. 방을 뒤지면서 일기장을 찾았다.

한참을 뒤적거리다가 깨달았다. 학창 시절, 단짝한테 빌린 잡지 『여학생』을 어머니의 눈을 피해 숨긴 곳. 시를 쓴답시고 몇 글자 끼적인 노트를 숨긴 곳. 모두 이불장 밑이었다. 거기엔 귀여운 토끼가 그려진 어린이집 알림장이 있었다.

일기를 읽고 숨이 턱 막혔다.

이 옆에 있는 아이가 내 손녀라니.

이 애를 내가 살렸다.

아들도, 며늘아기도 없이 이 아이를 내 손으로 키워야 한다.

어찌한담. 난 이 아이에 대해서 아는 게 하나도 없다.

2014. 5. 11.

아침마다 아이를 보고 놀라고, 일기장을 읽은 후 현실을 깨닫고 울기 일주일째다.

언제까지 울고 있을 거야. 이제 일어서기로 했다.

팔을 걷어붙이고 미운이에 관한 정보를 메모하기 시작했다.

미운이가 좋아하는 과일은 딸기, 미운이가 좋아하는 색은 분홍색, 미운이가 가고 싶은 곳은 동물원…….

마음에 새기듯 한 글자씩 적어 내려가면서 마음을 다잡았다.

어머니가 주신 내 모든 생을 미운이를 기억하는 데 쓰겠다.

내가 알고 싶었던 것이 모두 일기장에 담겨 있었다. 장롱에 등을 기대고 앉아 본격적으로 할머니가 기록한 시간을 따라갔다. 나에 관한 단편적인 기록뿐이라 페이지는 빠르게 넘어갔다. 금세 4권으로 접어들었다.

2015. 1. 11.

잃는 기억이 늘수록 일기장도 늘어 간다.

미운이를 받아들이는 데 점점 더 많은 시간이 필요하다. 잠시 정신을 놓으면 미운이를 못 알아보곤 한다. 두렵다.

여섯 살밖에 안 된 똥강아지가 말은 어쩜 그리 잘하는지. 미운이가 말한 것들을 잊지 않기 위해서 점점 더 큰 노력이 필요하다. 그래도 예뻐 죽겠다. 혹시 천재가 아닌가? 누구에게든 물어보고 싶다. 아니다, 나대지 말자. 너무 예뻐하면 신이 질투해서 빼앗아 갈 수도 있으니까.

이제 일기를 쓰는 것만으로는 힘에 부친다. 일기 내용 중 필요한 정보를 뽑아 방에 붙이자. 눈을 뜨면 바로 볼 수 있게.

그러면 미운이가 내 방에 더 이상 들어오지 못한다. 미운이를 방에 들이지 못하는 건 나도 서운하다. 하지만 내가 기억하지 못해서 미운이가 서운한 것보다는 낫다.

기억해라. 미운이가 유치원에 보내 달라고 울었다. 하지만 아직은 밖에 내보낼 수 없다.

여기까지 읽었을 때, 현관문 열리는 소리가 났다. 벽시계를 보니 벌써 오전 열 시가 넘었다. 우리 집에 올 사람은 할머니뿐이다. 읽던 일기장을 옆으로 치우고 자리에서 일어섰다.

주위를 둘러봤다. 모른 척 시치미를 떼고 싶어도 도저히 그럴 수 없는 꼴이었다. 덜 닫힌 서랍이며 널브러진 이불, 쌓인 일기장까지 도둑이 들었다고 해도 믿을 정도였다. 물건들을 밟지 않게 발끝으로 방바닥을 디디며 거실로 나갔다.

머리와 옷에 묻은 빗물을 털던 할머니와 눈이 마주쳤다. 안방에서 나오는 나를 본 할머니의 눈동자가 흔들렸다. 하지만 이내 모든 걸 받아들인 듯한 표정으로 나에게 다가왔다.

멀뚱히 서 있는 나를 안고 할머니가 말했다.

"미안하다."

"뭐가."

"우리 똥강아지를 기억 못 해서."

그 말에 참았던 눈물이 터져 버렸다. 왜 할머니답지 않게 다정하고 그래. 그냥 이년, 저년 하면서 욕을 해. 방은 왜 이렇게 어질러 놨냐고. 학교는 왜 또 안 갔냐고.

"이게 무슨 개고생이야! 계약 취소해!"

분명 고맙다고, 미안하다고 말하려고 했다. 하지만 나는 안미운. 미운 짓만 골라 하는 불효 손녀다.

할머니가 슬프게 혼자 낑낑대며 지킨 내 삶은 그만한 가치가 없다. 세 시간 전만 해도 쓰레기처럼 내다 버리려고 했다. 차라리 할머니가 자신의 삶을 충실하게 살았다면 더 나은 삶을 살고 있지 않았을까? 나는, 나는 아무래도 좋다. 할머니가 이딴 삶을 살지만 않는다면.

되돌려야 했다. 그때 내가 죽는 결말로. 그랬다면 할머니는 재혼도 할 수 있었을 것이고, 더 풍족하게 살 수도 있었다. 떡볶이를 이만 원이나 주고 처먹는 손녀보다, 친구 좀 못 사귀었다고 방에만 틀어박혀 있는 손녀보다 할머니의 삶이 더 중요하다.

할머니를 뒤로하고 또다시 달렸다. 뒤에서 할머니가 "미운아! 미운아!" 하고 불렀지만 애써 무시했다. 맨발로 계단을 뛰어올랐다. 옥상은 여전히 비를 맞고 있었다. 그 빗줄기 사이로 뛰어들며 외쳤다.

"아저씨! 아저씨! 나와 봐!"

한 번 더 아저씨를 불렀다.

"아저씨! 이 계약 무효야!"

얼굴에 흐른 빗물 때문인지, 아니면 눈물이 고인 건지, 뿌예진 내 눈에 흰색과 검은색이 아울러 아른거렸다. 나는 달려가 아저씨의 가슴팍을 주먹으로 치면서 애원했다.

"이 계약 취소해! 난 동의한 적 없다고! 제발 없던 걸로 해 줘!"

아저씨가 내 양어깨를 붙잡았다. 그러고는 허리를 숙이더니 엉망진창이 된 내 얼굴을 마주했다.

"소중한 걸 걸면 돼."

아저씨의 눈빛이 어딘가 씁쓸해 보였다. 나는 그 눈빛을 향해 단호하게 말했다.

"나를 걸게. 내 목숨 가져가."

아저씨가 눈을 감은 채 천천히 고개를 저었다.

"걸 수 없어. 너한테 소중한 건 할머니라고 말했었지."

"나 같은 건 지킬 필요 없어. 나 때문에…… 우리 할머니 불쌍해서 어떡해…… 제발……."

나는 주저앉아 두 손으로 얼굴을 감싼 채 울었다. 차가운 비가 내 등을 사정없이 때렸다.

그렇게 한참을 울다 비에 젖어 차가워진 손등으로 눈물을 닦았다. 옆에서 말없이 기다리고 있던 아저씨가 쪼그리고 앉아 말을 건넸다.

"친구, 선물 줄게."

아저씨가 미역 줄기처럼 꼬부라진 내 머리카락을 쓰다듬더니 말했다.

"이건 원래 악마가 절대 말해 주지 않는 거야."

아저씨가 내 귀에 입을 가져다 댔다. 그리고 속삭였다.

집으로 돌아가니 할머니가 안방을 치우고 있었다. 일손을 거들러 안방에 들어서자 이불을 장롱에 넣던 할머니가 역정을 냈다.

"썩을 년아, 그 젖은 발로 들어올라고? 목욕부터 해."

"아, 미안."

까치발을 들고 호다닥 욕실로 향했다.

뜨거운 물을 틀고 샤워기 아래에 섰다. 모락모락 피어나는 김 속에서 한참 동안 물줄기를 맞았다. 그렇게 하면 할머니한테 지은 죄가 씻기기라도 하는 것처럼.

화장실에서 나왔을 땐 할머니가 점심을 차리고 있었다. 시큼한 김치 냄새가 부엌에서 풍겨 나왔다. 할머니는 어느새 보라색 꽃이 박힌 몸빼 바지로 갈아입은 채였다. 위에는 역시나 분홍색 조끼였다. 나는 그 꽃을 와락 끌어안았다.

"할머니, 고마워."

"어구, 어구? 육시럴 년, 지랄을 한다."

할머니는 코웃음을 치면서도 내 손을 거부하지 않았다. 하지만 내가 한참을 그러고 있자 결국 고성을 냈다.

"아, 뭐 해! 밥 먹게 앉아!"

나는 할머니 머리 위에 있는 찬장에서 밥그릇 두 개를 꺼내 흰 쌀밥을 가득 펐다. 밥그릇을 식탁에 놓고 앉자 할머니가 김치찌개를 냄비째 식탁 가운데에 놓았다. 국자로 떠먹으라는 잔소리를 각오하고 숟가락으로 국물을 한 입 떠먹었다. 며칠째 없었던 입맛이 돌았다.

"할머니, 국물 죽인다, 이거."

"고운 말 쓰랬지!"

"할머니는 온갖 욕 다하면서 왜 나한테만 그래."

할머니는 대꾸 없이 국그릇을 두 개 가져와 밥그릇 옆에 하나씩 놓고는 내 맞은편에 앉았다.

밥 한술을 뜨기 전에 물었다.

"할머니, 할머니의 엄마는 어떤 사람이었어?"

수저를 들던 할머니가 나를 바라봤다. 곧 먼 과거의 기억을 뒤적이는 듯 할머니의 눈동자가 하늘을 향했다. 그 모습이 보기 좋아서 슬며시 웃었다.

14

묵혀 둔 할머니의 비밀을 알게 됐다고 해서 크게 달라진 건 없었다. 내 비밀은 할머니한테 손톱만큼도 털어놓지 못했다. 할머니에 대한 고마움이 커지니까 말을 꺼내기가 더 껄끄러웠다. 내 걱정을 할머니에게도 지게 하고 싶지 않았다. 애써 지켜 준 목숨을 아주 하찮게 쓰고 있는 걸 들키고 싶지 않은 마음도 있었다.

무단으로 결석한 건 할머니의 전화 한 통으로 질병 처리가 됐다. 밤에 비를 맞아서 감기에 걸렸다는 사연까지 지어내는데, 내가 거짓말에 능숙한 것이 할머니를 닮은 게 아닌가 싶었다.

밤이 깊어질수록 가슴이 답답해져 왔다. 잠에서 깨면 학교에 가야 한다. 예진이네 무리와 다시 마주친다는 상상만으로도 끔찍했다. 이대로 눈을 뜨지 않으면 좋겠다고 생각했다가 재빠르게 취소했다. 할머니를 생각해서라도 그러면 안 되니까.

다음 날, 교실 문 앞에서 폐가 가득 차도록 숨을 들이켰다. 그런 다음 천천히 내쉬면서 두근거리는 마음을 진정시켰다. 교실 문을 열었다. 아이들의 시선이 모였다가 빠르게 흩어졌다. 내 우려보다 아이들은 나에게 관심이 없었다. 작게 안도하며 자리로 향했다.

내가 자리에 앉자 김가경이 큰 목소리로 권새하한테 물었다.

"어디서 이상한 냄새 안 나냐?"

"어, 똥 냄새 나는 거 같아."

"하루이틀도 아니고 맨날 똥 냄새야. 교실 혼자 쓰나."

아, 아침엔 청국장 주지 말라니까. 애써 그 말을 무시했다.

내가 어제를 기점으로 드라마 속 주인공처럼 강인해졌을 줄 알았는데, 오산이다. 여전히 나를 향한 공격은 아팠다. 유일한 내 편인 유나마저도 엎드려 자고 있었다. 어제도 늦게까지 영상 편집을 한 모양이다.

공격은 점심시간에도 이어졌다. 급식실에서 줄을 서고 있는데 어디서 '미운'이란 단어가 자꾸 들렸다. 나를 부르나 싶어서 돌아보니 최은영과 권새하가 귓속말을 하다가 갑자기 배를 잡고 웃었다. 김가경도 예진이도 아주 즐겁다는 표정이었다. 무시하자, 무시하자 되뇌어도 도저히 무시가 안 됐다. 에어팟으로 귀를 틀어막고 싶었다.

체육 시간은 더 죽을 맛이었다. 수행 평가인 배드민턴 서브 연습을 잘만 하다가 이십 분을 남기고 선생님이 갑자기 피구를 하겠다고 한 것이다. 체육 선생들은 단체로 피구 못 하면 죽는 병이 라도 걸렸단 말인가.

선생님이 번호대로 팀을 짠다고 하니 김가경이 하고 싶은 사람 이랑 하게 해 달라고 발광을 했다. 평소엔 맨날 다리 아프다고 빠지더니, 오늘은 아주 의욕적이었다. 선생님은 뭐가 됐든 상관없다는 듯 고개를 끄덕였다.

예상대로 공은 나한테만 날아왔다. 김가경과 권새하는 적극적으로 공격에 가담하면서 정작 나를 맞히지는 않고 교묘하게 위협만 가했다. 상황을 지켜보다가 몸을 날려 일부러 공에 맞고 밖으로 나왔다. 이래 봬도 어썸보이 커버댄스로 단련된 몸이다.

아우트라인으로 가는 척하면서 슬쩍 등나무 아래로 피신했다. 발목이 욱신거렸다. 공을 피하다 접질린 모양이었다. 발목을 주무르며 피구 코트 쪽을 노려봤다. 내가 나가자 예진이네는 흥미를 잃은 듯 줄지어 아웃을 당하더니 일말의 아쉬운 표정도 짓지 않고 벤치에 모여서 웃고 떠들었다.

그 모습을 보고 있자니 헛웃음이 나왔다. 그리고 갑자기 모든 게 번거롭게 느껴졌다. 저 애들 눈치를 보는 것도, 날 선 말과 행동에 상처 입는 것도. 예전에는 예진이가 만든 행성에 들어가 다른 아이들과도 잘 지내고 싶었다. 이젠 아니다. 벗어나고 싶다.

종례를 앞두고 김가경이 나 들으라는 듯 "헤잇츄" "헤잇츄" 소리를 냈다. 애들은 공격을 멈출 생각이 없어 보였다. 나도 결정을 내려야 했다.

숨을 깊게 들이쉬고 천천히 내쉰 다음 자리에서 일어났다. 최대한 당당한 걸음으로 김가경에게 갔다. 아이들의 시선이 쏠렸다. 내 입에서 무슨 말이 튀어나올지 궁금하다는 눈빛이었다. 중압감에 말리지 않으려고 김가경의 눈만 직시했다.

"내가 너희한테 잘못한 거 있니?"

만화 속 주인공처럼 최대한 또박또박, 친절한 어조로 대사를 내뱉었다. 싸우자는 식의 말투로 들리면 곤란했다.

"아니? 없는데? 그냥 꼴 보기 싫은 거지."

활처럼 휜 인조 속눈썹을 깜빡이며 김가경이 대답했다. 그러더니 옆에 있던 최은영을 향해 입 모양으로 "왜 저래?" 하며 비웃었다. 어디서 연구라도 한 건지, 그 일련의 행동이 내 기분을 정말 불쾌하게 만들었다.

그러나 나는 싸우러 온 게 아니었으므로 꿋꿋하게 준비한 말을 던졌다.

"혹시 내가 거짓말한 것 때문에 상처 받았다면 진심으로 사과할게. 대신."

말을 끊고 침을 꿀꺽 삼켰다. 아무리 당당한 척을 해도 심장은 미친 듯이 뛰고 있었고, 그 박자에 맞춰 입술 끝도 덜덜 떨렸다. 용기를 쥐어짜 내어 마지막 대사를 내뱉었다.

"너희도 내 개인사 퍼뜨리고 공격한 거 사과해 줘. 최은영, 너도 허위 사실 유포한 거 사과해."

김가경이 이게 무슨 소리냐는 듯 황당해하는 얼굴로 최은영과 눈빛을 나눴다. 그러고는 곧 나를 바라보더니 조소를 머금은 얼굴을 십오 도쯤 비틀었다.

"하나도 안 미안한데?"

누가 보면 잘못은 내가 하고, 김가경이 따지는 걸로 착각할 만한 태도였다. 하지만 충분히 예상한 반응이었다. 나는 일부러 크게 안도의 한숨을 쉬었다.

"휴, 다행이다. 그럼 이걸로 퉁치자."

김가경을 향해 방긋 웃어 보이고 자리로 돌아왔다. 등 뒤에서 "어쩌라고" "개 어이없네" 같은 소리가 들렸지만 뒤돌아보지 않았다.

의자에 앉자 팔이 덜덜 떨렸다. 옆에서 유나가 "굿"이라고 말하며 엄지를 들어 보였다.

이렇게 할 수 있던 건 내가 강해져서가 아니다. 내가 갑자기 변해서도 아니다. 아저씨가 준 선물 덕이다.

어제, 아저씨는 내 귀에 대고 이렇게 말했다. "소중한 건 거는 게 아니고 지키는 거야"라고. 정말로 계약을 따내야 하는 악마라면 절대 입에 올리지 않을 말이었다. 그래서 그 말이 마치 인생의 진리처럼 들렸다.

잠자리에 누워 나한테 소중한 사람을 떠올려 봤다. 첫 번째는 당연히 할머니다. 할머니는 남한테 피해 끼치지 말고 살라고 했다. 다행히 김가경은 내가 잘못한 게 없다고 말했다. 좀 찜찜하긴 하지만, 저 애들도 나한테 사과하지 않았으니 쌤쌤인 셈이다.

그다음으로 소중한 사람은 내가 되었다. 할머니를 지켜야 한다는 생각에 순위가 좀 올랐다. 내가 건강해야 할머니도 잘 보살피지 않겠어?

2등은 원래 예진이의 자리였다. 나한테 상처 줘서 너무너무 밉지만, 초등학교 3학년 때의 추억을 한 번에 지우기는 쉽지 않았다. 다만 순위가 좀 밑으로 내려갔다. 예진이와 내가 좀 더 성숙해진 다음에 다시 친해져 보고 싶다. 헤어진 연인도 아닌데 왜 이런 마음이 드는지 나도 잘 모르겠다. 아저씨 말대로 우정도 사랑의 일종인 건가?

순위를 매기다가 깨달았다. 최은영이나 권새하나 김가경은 내 순위에 없다는걸. 오늘 일이 잘 풀렸다면 앞으로 순위가 오를 수도, 아닐 수도 있었겠지만, 이제는 확정됐다. 저 셋은 내 인생에서 완전히 아웃이다.

그렇게 생각하니 나한테 중요하지도 않은 애들에게 맞추려고 아등바등하는 내 모습이 조금 웃겼다. 반에 있는 얼굴도 이름도 잘 모르는 애들처럼, 예진이네가 뭘 하든 나랑은 상관없는 거 아닌가? 지옥 문턱까지 다녀온 마당에 그 애들 좀 없다고 그렇게 외롭기야 하겠나 싶었다.

이렇게 정리하기로 했다.

서로 다른 행성이 만나, 충돌했고, 조금의 흔적은 남았지만 그런대로 잘 지나갔다고. 손에 악착같이 쥐고 있던 걸 조금은 놓기로 했다.

15

기말고사 전후로 시간이 순식간에 흘렀다.

같이 공부한다는 명목으로 종종 유나네 집에 가서 어썸보이 이야기를 원 없이 했다. 유나를 볼 때마다 '의자 던진 사건'의 전모를 알고 싶어 입이 근질거렸다. 하지만 매번 꾹 참아 냈다. 공유한 비밀의 양만큼 사이가 돈독해지는 건 아닐 테니까.

실컷 떠들다가 시간이 좀 늦으면 퇴근한 유나네 어머니가 이런 저런 간식을 만들어 주셨다. 특히 떡볶이는 간을 적게 하는 우리 할머니 것과는 비교도 안 되게 맛있었다.

참, 이제 할머니는 마중 나오지 않는다. 내가 당당히 요구했다. 조심해서 다닐 테니 앞으로 나오지 말라고. 할머니는 탐탁지 않은 눈빛으로 나를 흘겨봤지만, 제발 한 번만 믿어 달라고 말했다.

어떤 날은 유나, 민우와 함께 정혁이가 축구하는 걸 구경하기도 했다. 사실 별 관심은 없었다. 등나무 아래에 앉아서 민우가 강력 추천 하는 치킨을 먹는 게 목적이었다. 치킨을 오물거리면서 콜라를 들이켜면 여름 더위도 조미료에 불과했다.

이 친구들이 소중한 사람 순위에 들어왔는지 아닌지는 시간이 더 지나 봐야 알 것 같다. 하지만 아니면 뭐 어떠냐는 생각도 든다. 유나와 나누는 이야기는 시간 가는 줄 모르고 즐겁고, 민우가 추천하는 맛집은 엄청나게 맛있다. 지금 느끼는 감정을 의심하지 않고 그대로 받아들이기로 했다.

가끔, 혹시나 하는 마음으로 아저씨를 불러 봤다. 하지만 한 번도 나타나지 않았다. 담당 지역을 옮긴 모양이었다.

아무 말도 없이 떠나 소식도 전하지 않는 아저씨한테 서운했지만, 그때마다 나 자신을 달랬다. 아저씨는 나만의 것이 아니라 절박한 모든 이의 것이다, 하고.

예진이네는 나를 투명 인간 취급하기로 전략을 바꾼 듯했다. 내가 있어도 못 본 척했고, 내 출석 번호는 아예 없는 것처럼 굴었다. 멀쩡하게 살아 있는데 없는 사람 취급을 당하는 건 굉장히 기분이 더럽고 신경이 쓰이는 일이었다. 하지만 대놓고 공격할 때보단 참을 만했다.

교실이 불구덩이처럼 뜨거워져서 살려 달라고 애원할 때쯤 여름 방학이 찾아왔다. 방학식을 열 시에 마치고 교실을 나섰다. 잠깐의 이별이 아쉬운지 예진이와 나머지 애들이 뒷문을 막고 이야기를 나누고 있었다. 일부러 목소리를 높여 말했다.

"얘들아, 잠깐 지나갈게."

애들은 꼼짝도 안 했다. 내 목소리도 안 들리는 척하기로 마음먹은 듯했다. 그래서 "좀 지나갈게" 하고 애들 사이를 비집고 나왔다. 뒤이어 "어휴, 여기 왜 이렇게 좁아"라는 퉁명스러운 목소리가 들리더니 유나가 뒤따라 나왔다.

방학식 날인데도 운동장은 축구하는 애들로 바글거렸다. 그 안에는 매일 방학을 외쳐 대던 정혁이도 있었다. 저럴 거면 방학은 왜 찾은 건지.

"박정혁!"

내가 부르자 정혁이가 달려왔다. 그러고는 여름이 돼서 더 새카매진 얼굴로 하얀 이를 드러내며 웃었다.

"한 겜 할래?"

초딩 자식, 여전히 눈치가 없네. 이 더위에 여자애한테 축구하자고 하는 애는 박정혁밖에 없을 거다. 나는 됐다고 말하며 손을 흔들었다.

"안뮨, 떡볶이 먹을래? 내가 쏠게."

정문으로 향하는 길에 유나가 솔깃한 제안을 했다. 그러나 오늘은 꼭 해야 할 일이 있다.

거절하려고 마음먹으니 목구멍이 딱딱해지고 입안이 꺼끌꺼끌했다. 어떻게 거절해야 하나 우물쭈물하자, 유나가 눈썹을 들어

괜찮다는 표정을 지어 보였다.

"편하게 거절해도 돼. 상처 안 받아."

"그래, 좋아. 오늘은 할 일이 있어서 가 봐야 해."

기계처럼 한 글자씩 내뱉었다. 그런 다음 유나의 손을 잡았다.

"제안해 줘서 고마워. 다음에는 내가 먼저 먹자고 할게."

"오냐. 어서 가 봐."

정문 앞 횡단보도에 섰다. 초록불이 켜졌다. 속으로 삼 초를 세고 발을 뗐다. 발이 근질거려서 달리고 싶었지만 조심하기로 할머니와 약속했다. 발걸음을 조금씩만 빨리하면서 집으로 향했다.

"할머니! 준비 다 했어?"

"벌써 오냐?"

활짝 열린 안방 문 사이로 화장대에 앉아 있는 할머니의 뒷모습이 보였다. 분홍색 헤어 롤러를 만 할머니가 파운데이션을 두드리면서 화장대 거울로 나를 바라봤다.

휴대폰을 꺼내 카메라를 켰다. 그리고 할머니의 화장하는 모습을 영상으로 담았다. 방 안에서 "저년 또 저 지랄한다"라는 말이 흘러나왔지만, 무시하고 계속 카메라를 들이댔다.

거실로 가자 식탁에 도시락통이 놓아져 있었다. 옆에는 김밥, 오므라이스, 잡채까지 내가 좋아하는 음식이 전부 차려져 있었다. 찜 쪄질 것 같은 더위에 어딜 싸돌아다니냐고 욕해 놓고선, 할머니도 나름 설레는 모양이다.

오늘, 할머니와 한강으로 나들이를 가기로 했다. 날이 좋을 때 동영상을 찍을 계획이었다. 햇살 한가득과 살랑이는 바람 그리고 곱게 단장한 할머니의 모습을 영상에 담아 오래 간직하며 기억하고 싶었다.

에필로그

2학년 다음에 3학년이 된다는 건 끔찍한 일이다. 그러나 순리대로 살아야지, 뭐. 어쩔 수 없다. 순리를 거스르는 데에는 많은 대가가 필요한 법이니까.

겨울 방학을 마치고 새 학년을 맞이한 첫날이다. 기분 나쁜 설렘을 동반한 채 등교한다.

교실 문을 열자마자 시선이 쏟아진다. 나를 알아보는 눈빛과 자기가 아는 얼굴이 아니라서 실망한 눈빛이 잠깐 나타났다가 빠르게 사라진다. 어색한 공기를 온몸으로 느끼며 제일 구석 자리에 앉는다.

고개를 두리번거려 앞으로 나와 함께 할 친구를 찾는 탐색전을 벌인다. 아는 얼굴이 누가 있는지, 누구와 말을 나누어야 이 갑갑한 숨통을 좀 틔울 수 있을지 계산한다.

얼굴만 아는 애가 있다. 1학년 때 같은 반이었는데 말은 몇 마디밖에 나눠 본 적이 없다. 그 시절은 내가 동굴에 갇혀 있던 암흑기였기 때문에 친한 친구가 없었다.

민우와 같은 반이 됐다. 어쩐지 방학 동안 몸이 더 불어난 것 같다. 민우는 다른 남자애들과 모여 해맑게 웃고 있다. 딱 봐도 썩 친해 보이지 않는데 같이 장난칠 수 있는 애들의 습성이 신기하고 부럽다.

불행하게도, 최은영도 또 같은 반이다. 그나마 다행인 건 예진이네 그룹 네 명이 모두 뿔뿔이 흩어졌다는 거다. 최은영은 친한 사람이 없는지 불안한 눈동자를 연신 굴린다. 나도 불편하겠지만, 쟤도 힘든 일 년을 보내겠다는 생각에 살짝 안심이 된다.

개학식을 마치고 교실을 나오자 숨통이 좀 트인다. 여전히 쌀쌀한 날씨에 검은 패딩 무리가 정문으로 향한다. 나도 그 대열에 섞인다.

횡단보도 앞에 선다. 에어팟에서 어썸보이의 이번 싱글 앨범 〈선샤인〉이 흘러나온다. 당분간 개인 활동에 집중한다고 발표해서 신곡이 안 나오면 어쩌나 했는데, 싱글 앨범이라도 내 주어서 다행이다.

고개를 까딱이면서 콧노래를 부르고 있는데 갑자기 노이즈 캔슬링이 꺼진 듯 자동차 소음이 크게 들린다.

"이게 어썸보이 노래야?"

아저씨가 에어팟을 귀에 꽂더니 묻는다. 나는 롱패딩 주머니에 손을 찔러넣은 채로 답한다.

"네, 방금 나온 게 로이 목소리."

"짜식, 잘 살고 있네."

아저씨가 에어팟을 돌려준다. 나는 에어팟을 케이스에 넣어 정리하고 아저씨를 올려다본다. 봄볕에 아저씨가 입은 항공 점퍼가 번쩍인다. 아래에는 밝은 하늘색 청바지를 입고 있다. 이게 무슨 일이람? 내 심장이 다시 뛰기 시작한다.

"친구는 사귀었어? 온전한 네 친구 말이야."

"아니요."

"그럼 또 슬프겠네."

"아니요, 기대 안 해요."

"그럼 외롭겠네."

"아니요, 그냥 대화 나누고 같이 놀 사람만 있어도 괜찮아요."

"그치? 나도 좋은 친구였잖아."

나 참. 어이가 없어서 피식 웃음이 나온다.

"그동안 어디서 뭐 했어요?"

"음…… 벌 받고 왔어."

"벌이요? 왜요?"

"사실 두 번 끌려갔어. 첫 번째는 신분을 노출하고 계약 내용을 발설한 죄로. 그땐 며칠간 조사받다가 경고로 끝났는데, 잡혀갔으면 아마 옥상에서 너를 말리지 못했을 거야."

"두 번째는 왜 갔는데요?"

"계약자 및 계약 내용 발설 죄. 너한테 옥상에서 너희 할머니 이야기 털어놓은 거 말이야. 그건 용서가 안 된대. 그래서 지옥에 가서 벌 받고 왔어. 죽는 줄 알았다. 혼자 있는 건 아주 심심하더라고. 떡볶이도 없고, 케이크도 없고."

"인간이야, 뭐야."

어이없어하며 물었다.

"지옥은 뭐가 맛있어요?"

"질문 왕, 그만 물어봐."

"이번엔 마라탕 먹어 볼래요?"

"그게 뭐야?"

"지옥 맛이라고 있는데."

"무슨 맛이야, 그게? 인간들은 아주 웃긴다니까."

초록불이 켜졌다. 나는 속으로 하나, 둘, 셋을 세고 좌우를 살피며 조심스럽게 길을 건넌다.

작가의 말

소설을 쓴다고 하면 아이디어를 어디서 얻느냐는 질문을 종종 받습니다. 직접 경험한 일에서 얻기도 하지만, 한계가 있어서 지인에게 들은 일화나 뉴스 기사, 영상, 글 등을 접하면서 한 사유의 결과물이 모여 작품에 반영되는 경우가 많습니다.

이 작품은 두 권의 소설 덕분에 쓸 수 있었습니다.

2023년 1월, 코로나로 인해 제한된 해외여행이 풀리고 베트남 나트랑으로 여행을 갔습니다. 여행지에서—특히 휴양지에서—종이책을 읽는 것에 대한 낭만이 있어서 책을 챙겼는데, 양귀자 작가님의 『모순』, 리러하 작가님의 『악마의 계약서는 만기 되지 않는다』 이렇게 두 권이었습니다.

위 책들을 읽으셨다면 눈치채셨겠지만, 이 소설의 주인공 '안미운'의 이름은 『모순』의 주인공 '안진진'에게서 아이디어를 얻었고, '할머니가 등장함' '악마와의 계약'이라는 소재는 리러하 작가님의 소설에서 영향을 받았습니다.

두 작품이 선사하는 이야기에 흠뻑 빠져 다 읽고 나니 어느새 제 머릿속에서는 미운이가 뛰놀고 있었고, 그 덕분에 귀국한 후 귀신 들린 것처럼 한 달 만에 초고를 완성했습니다. 이제 와 생각해 보면 제 능력을 넘어선 일이라 악마와 계약이라도 한 게 아닐까 싶을 정도로 놀랍습니다.

이 작품을 쓰고 기이한 체험을 한 가지 더 했습니다. 어떤 작가님들은 소설을 탈고하고 주인공을 떠나보내면서 눈물을 흘린다는 이야기를 들었습니다. 사실, 그간 저는 그 말에 공감을 하지 못했습니다. 쓰는 내내 지겹게 만나니 그럴 일은 없을 거라고 생각했던 겁니다.

그런데 미운이의 이야기를 다 쓴 후, 다시 읽으면서 처음으로 울컥울컥했습니다. 처음에는 미운이에 대한 연민 때문이었고, 나중에는 할머니가 살아온 인생의 풍파가 애달파서였습니다. 그런 경험을 해서인지 이 작품에 애정이 참 많습니다.

컴퓨터에만 저장해 두었던 미운이의 이야기를 세상에 선보일 수 있게 해 주신 자음과모음에 감사 인사를 드립니다. 그리고 독자 여러분께도 무한한 감사를 표합니다. 혹시 읽으면서 조금이나마 재미를 느끼셨다면, 귀중한 시간을 내어서 한 번 더 읽어 보시

기를 권합니다. 처음 읽을 때와는 또 다른 감동을 발견하실 수 있을 겁니다.

끝으로, 거친 풍랑과도 같은 삶 속에서 우리 모두가 소중한 것을 잃지 않고 살아갈 수 있기를 늘 기도하겠습니다.

정서휘

지옥에서 온 키다리 아저씨

초판 1쇄 인쇄일 | 2025년 2월 25일
초판 1쇄 발행일 | 2025년 3월 14일

지은이 | 정서휘
펴낸이 | 정은영
편　집 | 전유진 임종현
디자인 | 서은영
마케팅 | 최금순 이언영 연병선 송의정
제　작 | 홍동근

펴낸곳 | (주)자음과모음
출판등록 | 2001년 11월 28일 제2001-000259호
주　소 | 10881 경기도 파주시 회동길 325-20
전　화 | 편집부 (02)324-2347, 경영지원부 (02)325-6047
팩　스 | 편집부 (02)324-2348, 경영지원부 (02)2648-1311
이메일 | jamoteen@jamobook.com

ISBN 978-89-544-5249-6 (43810)